U0492393

明
室
Lucida

照亮阅读的人

戈多不会来

「待つ」ということ

等待的哲学

わしだ きよかず

[日]鹫田清一 著
吕灵芝 译

北京联合出版公司
Beijing United Publishing Co.,Ltd.

图书在版编目（CIP）数据

戈多不会来 : 等待的哲学 / (日) 鹫田清一著 ; 吕灵芝译 . -- 北京 : 北京联合出版公司 , 2023.8
ISBN 978-7-5596-6968-1

Ⅰ . ①戈… Ⅱ . ①鹫… ②吕… Ⅲ . ①散文集－日本－现代 Ⅳ . ① I313.65

中国国家版本馆 CIP 数据核字 (2023) 第 105494 号

「MATSU」TO IUKOTO
©Kiyokazu Washida 2006
First published in Japan in 2006 by KADOKAWA CORPORATION, Tokyo.
Simplified Chinese translation rights arranged with KADOKAWA CORPORATION, Tokyo through BARDON-CHINESE MEDIA AGENCY.
Simplified Chinese edition copyright
© Shanghai Lucidabooks Co., Ltd., 2023
All rights reserved.

北京市版权局著作权合同登记号 图字：01-2023-3116 号

戈多不会来：等待的哲学
作　　者：［日］鹫田清一
译　　者：吕灵芝
出 品 人：赵红仕
策划机构：明　室
策 划 人：陈希颖
特约编辑：王佳丽
责任编辑：夏应鹏
装帧设计：WSCGRAPHIC.COM

北京联合出版公司出版
（北京市西城区德外大街 83 号楼 9 层　100088）
北京联合天畅文化传播公司发行
北京市十月印刷有限公司印刷　新华书店经销
字数 95 千字　787 毫米 ×1092 毫米　1/32　6.5 印张
2023 年 8 月第 1 版　2023 年 8 月第 1 次印刷
ISBN 978-7-5596-6968-1
定价：55.00 元

版权所有，侵权必究
未经书面许可，不得以任何方式转载、复制、翻印本书部分或全部内容。
本书若有质量问题，请与本公司图书销售中心联系调换。
电话：（010）64258472-800

目录

前言

这个社会，成了无须等待的社会。

成了无法等待的社会。

翘首以盼、严阵以待、守株待兔、等得不耐烦、空等一场。等得心焦、等得坐立难安、等不下去、等不及、等累了、等到天明，白等一场。等了又等，等不到人……所有人暗藏于心的，对“等待”的痛恨，正在被一点点漂白。

现在，这个国家超过半数的人拥有手机，因此约定碰头的形式改变了。如果赶不上约定的时间，可以在移动过程中提前联系对方。接到电话的人得知情况后，可以先做点别的事情，或是利用多出来的时间买买东西、逛逛书店。等待期间，还可以坐在店里喝一杯咖啡，呆呆眺望外面的街景。等待者不再焦躁，因为他再也不用怀着等待的心情打发时间。

甚至连孩子的诞生，也不用再心惊胆战地等待。利用超声波技术，人们可以获知腹中胎儿的性别，还能看到模糊的面容，甚至查验遗传基因。人们无须焦急地等待孩子出生，而是可以提前做好各种准备。比如襁褓的准备，还有心理的准备……

也可以说，我们再也无法耐着性子等待。在工作上，必须短期内展现“成果”。无论什么组织，都要制订中期计划、年度计划，提出各自的数据目标，测算完成度。就连考古学、古代文献学等关于人类数千年历史文明的研究，也要以几年为单位制定目标，自我检查，并接受外界评估。餐饮业、便利店的开店、关店节奏越来越快。放弃的速度变快了，再也没有人愿意耐心等待。“故乡”的模样也不复从前，每一次回乡都会看到新的变化。

再也无法等待的不只是组织，还有电脑的操作。一旦得知新型号的出现，就无法耐心等待旧电脑的反应。短短几秒钟让人无比焦虑，手指敲击桌面，腿也抖了起来。对电视广告的耐心，顶多只有十几秒。电视机刚问世时，感冒药的广告曲甚至能唱到第三段。现在听到的广告曲，却只有副歌部分。最关键的是，曾经的孩子都能自由地去挑战、失败、哭泣、重新振作，在坎坷曲折和手忙脚乱中不知不觉长大。如今，再也没有人能耐心看着这一切。老年人的看护也一样。本来是在永无止境的看护中慢慢形成觉悟——“唉，没办法，毕竟你养育我长大，现在换我照顾你了……”——现在的人们在没有形成心理觉悟之前，就急着寻找解决对策，而且无法掩饰惊惶，暗道：“该来的还是来了……”

曾经，世上充斥着“等待”。等待每小时只有一班的车，等待几天后才能送达的情书回信，等待果实成熟，等待酒水发酵，等待对方领悟，等待警告处分到期，等待刑期结束，埋伏等待抓现行的一刻（曾经有位刑警追查嫌疑人，在同一家酒店蹲守了整整一年）。《万叶集》《古今和歌集》，这些著作仿佛都是痴心等待的歌谣的范本。在焦急的等待中打发时间，怀着不安的心情去期待，这些自相矛盾的情绪，凝聚成了“文化”的形态。咖啡馆就是一个“等待”的场所。农民和渔夫，还有服务员［他们甚至直接被称作“等待者”（waiter）］，都是以“等待”为工作的人。相扑和围棋则以不能说“且慢”的规则增强刺激性……这样的光景，如今也渐渐远离了我们的视野。

我们是否过于急于求成，甚至倾向于小气了……

急于求成，这种姿态看似一鼓作气地冲过现在，朝着未来积极进取，实际却没有把未来放在眼中。这种姿态没有把未来当作迟早会到来的东西，而是将它纳入了既定的范围，抓紧一切时间去实现。那不再是等待，而是迎接。但迎接到的并不是未来，只是不久之前已经决定好的结果。做出决定时不在视野内的东西，直到最后都不会进入视野。那是顽固，是不宽容的态度，坚决不认可重来或修正。如果没有结果，就立刻换上别人，使用别的方法。等待变得困难重重，不被接受。

这是“不等待的社会”，也是“等不了的社会”。

天不遂人愿、无计可施、静待天命，我们何时失去了这些概念？何时丧失了等待偶然、顺从不可抗力的性情？等待时机成熟——难道我们已经失去了这种能力吗？

焦虑

“等也等不及……”

坐立难安

再回到手机的话题。

只要有人联系，无论在何处都能接到电话。“挂断”之后仍旧留有记录。信息也会留下。就算要过后再谈，也必须做出一些反应。如果一天都不回应，对方就会感到奇怪。哪怕说“关机了”,也需要给出理由。就算挂断，也要思考后面该如何解释。有人不喜欢这样，干脆连手机也不要了。

没错，无论何时何地，只需一个按键，人与人的通信没有了时差，空间的间隔也不再有意义。电子媒介消除了时差与距离，但也可能把距离过近的烦恼强加给了恋人。他们不再把无可抗拒的时间刻进心里，只要产生思念，就能马上联系，反而让交流变得过于透明，容易出错……

书信这种媒介，对恋人而言过于心焦。写信，寄出，计算最短的时间，想象恋人或是着迷、或是冷淡地阅读。那个光景在心中沉浮，随着时间的推移愈发激荡。好不容易按捺住激动的心情躺下休息，天明之后也会奔向邮箱寻找回信。尽管还没到配送时间，但对方也许在夜里亲自将信投入了邮箱。

然而，一旦变成等待情人，情况就会发生变化。扪心自问间，时间不知不觉就过去了。期待的混乱渗透进思想。而且，“那个人是否会来”的疑问，会与“那个人是否喜欢我”的疑问相混淆。小说家总会把它描写成马车的碌碌或门铃的叮咚。身体将一切声音，尤其是特别期待的声音混同于意外的响动，容许它撼动生命的根本。连犬吠都会让人浑身震颤，成为别人的笑柄。这种感动一旦成为加诸自身的符号，未来便已定性。一切自省都化作了误解恋人的动力，等待成了对爱意的怀疑。然而，等待同时也让人相信那份爱意。当然，恋人绝不会深入思考这个问题。

（《关于精神与热情的八十一章》）

这是阿兰[1]对情侣等待相见时的焦灼心情的讽刺。互通书信更耗费时间，因此心情的起伏也更加剧烈。在逼近临界点时，热恋中的人终将等不及回信，开始写下一封信。有时甚至连续发出两封、三封。埋头奔向邮箱的人，眼中浮现着血丝。

坐立难安。即使想办法分散注意力，也持续不了多久。单纯等待的空白让人畏惧，但是只能等待。因为这取决于对方。于是，想象力开始填补等待的空白。或者说，因为按捺不住，想象开始膨胀。那个过程难以抑制，却又不得不拼命忍耐……如此反复。膨胀到极限之时，人已经不知不觉站到了邮箱前，甚至一路跑到恋人的家门前，久久驻足。耐不住思念，呆然伫立。

---

1 Alain，原名埃米尔–奥古斯特·沙尔捷（Émile-Auguste Chartier，1868—1951），法国哲学家。

等待的焦心便是如此。随着手机的出现，那浓厚而沸腾的时间从此消失无踪。因为在焦心之前，手指已经擅自行动了。

当然可以认为，这是发展的必然命运。也可以认命，结局从一开始就已经注定。问题在于之前。那浓厚而沸腾的时间，或者应该说，那难以抑制的、只能屏息硬扛的时间。等待解放，等待战争结束，等待服刑期满，等待成绩，都是同样的心情。

> 时间这种东西，似乎有两种计算方法。一种是从一开始不断叠加一个时间单位（可以是年，也可以是秒），我们都用这种方法小段小段地迎接未来。另一种就像火箭发射前的倒计时，向一个设定好的节点迈进，不断消除一个单位的时间。当剩余时间为零时，它就会发生。未来就此结束。战争中，我们用的是后一种方法。前线士兵寄回来的每一封书信，都在记录消除的时间。
>
> （《流向大海的河》）

这段话出自石原吉郎的随笔集《消逝的时间》，

这是他为《海拉尔通信》——香月泰男在西伯利亚期间写下的书信和手记——创作的文章。他在这里提示了一种方法。当最后的想象力都彻底崩溃，只剩下无可忍耐的时间时，除了将它一点点消除，没有别的办法。然而，这种时间的触感，离我们已经十分遥远。

振幅

电视上曾播放过这么一则手机广告：一个女孩在通话优惠套餐到期前被男朋友甩了，二人不再联系，她因此陷入沮丧。但是，女孩很快用关西腔安慰自己“没啥大不了”，又给另一个有点好感的男孩打了电话。广告对女孩快速变心的描写不带丝毫恶意，也许这就是人间常态。哪怕一切“故事”都是如此，哪怕心中难免产生伤痛。

她在期盼对方回心转意之前，自己先转身离开了。在等了又等，想了又想，最后说出“我再也等不下去了”之前,就选择了抽身。因为没有“回应”吗？的确，没有“回应”就不会产生关系，也不会发生能动／被动的纠缠。就算不确定能得到“回应”，也以单方面的愿望或信念坚持下去，这种时候才会产生“等待”的行为。

纵使没有“回应”，也一心等待“回应”。这意味着在得到“回应”之前，永远敞开身心与怀抱。在这段时间里，可能会发生几次“催促”，因为“催促”是急不可耐时不由自主的行为，为了激活那过于凝滞的时间。“等待”虽然不会激活时间，但也不是单纯地随波逐流，而是时刻抱持着警醒态度。是的，人之所以“等待”，是对迎面而来的东西抱有期待。所谓“等待”，就是怀抱这样的心情。

然而，只有不断消除怎么也等不到“回应”的记忆，人才能维持“等待”。河濑直美的电影《沙罗双树》（二〇〇三年）有一句让人印象深刻的台词：“可以忘却的东西，不能忘却的东西，还有必须忘却的东西”。只有用尽浑身解数，整理好这些心情，才能一直等待。因此，“等待”必须包含“忘却”。在这个意义上，“等待”同时也是消除。

一边抱持，一边消除。二者之间的振幅，就形成了焦急中的等待。翘首以盼、等得心焦、等得坐立难安、等不下去、等得不耐烦、等累了、等到天明、等到最后……表达焦虑的词语，不胜枚举。

不如意，不走运，不可抗，力所不能及。对此只能被动接受，只能一动不动地忍耐。接触到这样的事情，依旧振作起来，“期待”“渴望”和“祈愿”，一次又一次地反复，既接受了命运，又不愿放手。也许这样一来，就有了“等待”。

强迫前倾

大约十年前，我发现了一个悲惨的事实。当时我从事的工作是分析“劳动”的现状。有一天，我发现企业的各种活动和业务都有一个共通的前缀。顺着那条线索追溯下去，我不禁万分惊愕，又万分无奈。比如——

提出某个项目。在探讨项目内容时，首先要分析预期收益。一旦发现较大的可能性，就开始计划。计划制订后，便依次进入生产过程，中途按时检查进度。支付方式使用期票。若产生利益，企业就会继续进行下一轮投资，项目负责人自然也能迎来升迁……

我将这里的几个关键词转化成英语。项目

=project，利益 =profit，预期 =prospect，计划 =program，生产 =production，期票 =promissory note，进度、前进 =progress，升迁 =promotion。竟然是一串以“pro”为前缀的词。这些词都是在希腊语和拉丁语的动词前加上了前缀“pro”（意味着“之前”“先行”“预先”）。拆分开来依次是“前 + 投”“前 + 做”“前 + 看”“前 + 写”“前 + 提取”“前 + 送”“前 + 进”“前 + 动”……换言之，它们都是前倾的姿势，或者说具有超前的性质。超前设定的目标，规定了当下所做之事。

正因为是前倾的姿势，所以实际上不存在等待。看似未来的东西，不过是站在当下想象出的未来。未来绝不是不可知的外化概念。在这个意义上，“pro”所象征的前倾姿势，其实是抗拒“等待”的姿势。

等待包含了一种期待——期待偶然的（意料之外的）变化。不能将它限制在某个范围之内。也就是说，“等待”的关键，在于一个人能否对外部保持敞开。但是，保持敞开远比警惕闭合更需要努力。“等待”的轴心，必然不能是放弃和置之不理。

“等待”不能依赖偶然，也不能纯粹被动地等待事物降临。“等待”也不是凭借一些预感和预兆，超前地获取想要的事物。但是，等待包含了对偶然的期待。正因为有期待，所以才会在既没有预感也没有预兆的情况下，让自己保持敞开。在这个意义上，“等待”是放弃了当即解决的人们最后的挣扎之举。但是，如果一个人对这个世界没有一丝信任，他就无法等待。在等待的过程中，人也许会被逼到更岌岌可危的临界点。此时，不抱任何希望已经成了一个人最后的希望。所以应该说，如果没有不抱任何希望这个最后的希望，人就无法等待。也许，恐怕它就是我们要一直探讨到本书最后的问题——放弃等待才是“等待”的最后形式。

预期

“我等不下去了。”

对“现在”的封锁

人们都说，“时间是流动的”。

但是，时间并不像河水那样单纯地流动。

比如被践踏得一蹶不振，或是经历切肤之痛的曾经。只是稍微想起都会瑟瑟发抖的往日心伤。嘴上说着“过去”，但并没有真的过去。只需要一个小小的契机，它就会卷土重来，让我摇摇欲坠。它的强烈永远不会衰退。假设过去是指已经过去的东西，那么它现在依旧镌刻在我的内心深处。没错，永远不会成为过去的东西，紧紧纠缠着“现在”不愿松手的东西。

所谓等待，也是与之类似的时间。

如果继续等待，自我的存在可能会崩塌为碎片。

短短一分钟都让人难以忍耐。时间成了连绵不断的痛苦。时间的地平线被彻底阻塞，让人无法思考明天，遑论半年之后。同样的事情总在重复。一旦有了期待，与之同等甚至更多的疲劳注定会袭来，我已经承受了太多，无法忍耐那种疲劳……最后喃喃自语："我等不下去了。"

一如过去的伤痛，这也可以说是永远不会变成现在的未来，注定不会到达"当下"的未来。

有未来，就是有希望；或者应该说，就有希望的容身之处。与之相对，绝望就是不对未来抱有希望，或者无法抱有希望。确实可以这么理解。

或者换一种更普遍的说法，希望就是可以梦想未来，制定未来的目标。这与拥有过去的快乐回忆和苦涩悔恨，以及为过去的自己的行为负责一样，是生而为人的证明。能够拥有未来和过去，就能跳脱现在，思索不存在于当下的事物。

上文提到迟迟不能成为过去的痛苦的"现在"：虽然痛苦的原因已经逝去，但它依旧执拗地纠缠着我。在这个意义上，这也是生而为人的证明。强烈的痛苦会将人封锁在"现在"。当剧痛袭来时，我既没有余地去思索剧痛消失后的未来，也无法安详地沉浸在对往昔的回忆中。我甚至无法思考两三分钟之后或是两三分钟之前的事情。正如文字表述，我被封锁在了“现在”。

再强调一遍，正因为如此，有未来就是有希望，就是能够等待。奥地利精神病学家维克多·弗兰克尔曾说，在圣诞节到新年期间集中营总会出现大量死亡案例。这既不是因为严苛的劳动环境，也不是因为恶劣的天气和传染性疾病，单纯是因为集中营的很多囚徒希望“到了圣诞节就能回家”。面对每天重复的惨痛命运，哪怕是极其渺茫的希望，人也会死死攥在手中，化作活下去的动力。直到连那渺茫的希望也破碎了。

弗兰克尔回首自己的经历时，还这样写道：

> 泥水渗进磨破的鞋子里，把双脚摧残得面目全非，我几乎是哭着排在风雪夹击的长长纵队中，踉踉跄跄地走向距离集中营好几公里远的工作场所。我的内心装满了可悲的集中营生活中出现的无数琐碎问题：今晚能吃到什么样的饭？是否应

该把多给的一片火腿换成一片面包？两周前作为“特殊工资”发给我的最后的香烟，是否应该拿去换一碗汤？我该去哪儿找铁丝网的线头代替断掉的鞋带？等会儿到了工地，我能否被顺利分到自己熟悉的小组里？万一被分到别的小组，在脾气暴躁的监工底下挨揍可怎么办？

（维克多·弗兰克尔《活出生命的意义》）

“装满了无数琐碎问题”……视野变得无比狭窄。人的自尊在这里早已被扼杀。这也是自我被封锁到几乎收缩为一点的“现在”的现象。

或者说，是话语的丧失。

话语能够让人跳脱“现在”。人借助话语能够超越时间的地平线。当一个孩子学会了喊“妈妈”，那么不管母亲是否在眼前，“母亲”都存在。同理，不管狗是否在眼前，“狗”都存在。于是，对方离开时，人就无须一味哭闹。因为他可以一边哭闹，一边去寻找母亲，寻找爱犬。人的“现实”就是这样，由不在眼前的东西编织而成。跳脱眼前（现在），使得希望和回忆成为可能，让人能够产生骄傲和失落的情绪。

因此，对人而言，“现在”并不是数字时钟上表示的瞬间节点。并不是说现在的每一分每一秒都在流入过去，而未来则接连不断地流入现在。

“现在”的范围

“把过去和未来定义为现在的前与后，这种想法真的正确吗？”提出这个疑问的人是大森庄藏。他还说：“过去并非独立存在于回忆这种行为之外，而是存在于回忆这一命题的语言学意义中。”这是什么意思？“我做了梦，但是不记得这件事。”这句话显然没有意义。“并不是首先做了梦，随后回忆起来。而是回忆起梦境，这便是做梦。我们无法拥有‘做梦’的现在进行时态的体验，只能通过回忆起梦境，去拥有‘做梦’的体验。”（《时间与自我》）简而言之，回忆起梦境的体验，正是“做梦”的体验。这里面只存在“做梦”这一过去时态的经历。当人们谈起“做梦”时，是以梦醒后的“现在”形式来谈论的。泡澡出来后感叹“好舒服啊”，这一语言学行为界定了泡澡的过去与泡完澡的“现在”。定下时间的先后顺序，而后得出了“现在”的明确形式。

年轻时跟大森学习了“哲学”的中岛义道承袭了这种思想。“我并不是对照现在的感觉学习‘热’的现在时态，再通过回忆过去学习‘热’的过去时态。理解话语并不是针对‘现在’（an-wesend）的刺激反应，即使刺激‘缺失’（abwesend），也能理解其意义。只能在热的情况下说‘热’的人，并没有学习到‘热’的语义，当他学习了‘已经不热、还不热、之前很热’这些热的缺失时，才算学习到了‘热’这个词。”（《时间论》）

经过话语的界定，“时间”得以成立。“现在”无法仅靠“现在”而独立存在，若不与缺失割离，“现在”便会消失。中岛用我们的语言为例，对“现在”做了说明。

当我们说“现在”时，排除了其他的“现在”，将这个“现在”与非“现在”分割开来。譬如，在电话里问“你在干什么？”时，提问的人并不希望听到“我在跟你打电话”这种直白的回答。他是在一个连续的背景之下询问对方接电话之前在干什么，并且要求对方共享这种界定的方式。同样，假设朋友在电话里喊“帮帮我”,我马上回答“现在就去”,这里的“现在”其实包含了大约十分钟以后的未来。“迟到三十分钟跑进咖啡厅抱歉地说:‘哎呀，对不起。’妻子和颜悦色地回答:‘没事，我也刚到。’也就是说，她给出了‘刚’这么一个适当的范围。”中岛指出，其实我们很少在行动的过程中提及“现在”，往往是在行动尚未结束,或是已经结束的情况下使用代表“现在”的词汇。换言之,“现在”包含了向他者共享“现在”范围的意义。

究竟在等什么……

如果过去和现在都是通过语言“制造”的，那么未来又如何？未来也能通过语言,或者通过“意义”来“制造”吗？是的，未来的成立也要像现在这样，以分割为前提。但是，应该通过什么样的语言学行为来分割呢？

“想试试”“如果这样就好了”——是通过这种愿望的表达吗？“一定会”——是通过这种决心的表

达吗？又或者是“可能会发生”“有点害怕”这种征兆和预感的表达？

如果说过去是通过与现在的分割“制造”而成的，既然是“制造”的，就必然具有某种形态。过去本身在“制造”之前也许并不存在，但它能够以不同的形态体现出来。不仅是社会的历史，在一个人的人生中，过去也会被反复讲述，甚至是改述。

在这一点上，未来从一开始就是不确定的。事先不知道会发生什么，所以才叫未来。那么刚才列举的关于未来的表达，可以说都局限在预料、预期、预感的范围内。正如“预”字所示，那是先于未来的，或是面向未来的，对未来的“事先”投影。所以它看起来像是讲述未来，实际使用了未来完成的时态。那只不过是将已经存在于视野之内的、曾经发生过的东西投影到未来而已。换言之，那是通过已知的事物推测未知的事物。这种时候，“未知不过是既知的一种样态”（胡塞尔）。

那么，“等待”又如何？所谓期待，也许是一种轻松地等待着目前尚未实现但是在某种程度上已经知道的情况，譬如再会、完成和终结。约见、埋伏、等而不得、白等一场，这些行为中的等待对象都是已知的人。这种时候人所等待的东西，已经具有了确定的形态。因此，这种“等待”不过是预期，是已经计划好了行为终结的未来完成时态的“等待”。

那跟等车、等回复、等分娩、等春天、等服刑完毕、等酒水发酵一样，是预期性质的“等待”。这种时候，人站在“现在”的立场，通过完成时态超前了未来。然而，这只是未来经验的一个侧面。不能确定是否存在、说不定会发生、也许会有意外降临……这种出乎意料的感觉，确实存在于未来的经验中。

“等待”是否也一样，存在着连自己都不知道在等待什么的“等待”呢？没错，就是无法预期的待机性质的“等待”，或者说一切预期都已破灭，彻底放弃之后才能成立的“等待”。

征兆

“我无处可去。”

恐慌

等待有着超前的一面。被超前的事物以未来完成的时态存在于视野范围内。人们通过预期的形式，像抛陀螺或抛渔网一样将已知的事物投射到时间的前方。

对已知的事物做出预期。此时，未知不过是既知的派生形态。对“某个东西”的期待，包含了立足于既知的预期。过去存在着可供参照或是应该参照的事物，通过它延伸出的东西，就是预期和预测。那里并不存在真正的未知。“一眼就能望到头……”年轻人自暴自弃地说起这句话时，应该也做出了预期。因为无法预期的事情，譬如事故、灾害、疾病等意外，都没有被纳入考虑。

那么，我们该如何接触未知？被打个措手不及，茫然失措、惊恐万状、愣在原地；遭到突然袭击，畏缩不前。不，如果真的措手不及，也许只会头脑空白，或是失去意识。中井久夫在近作《征兆·记忆·外伤》（二〇〇四年）中写道，“参照过去的信息对输入的刺激做出反应”，预期是认知的回路之一。假设的确如此，那么正因为预期失效，人才会措手不及。那更像是对不确定事物的恐惧。或者说，更接近于在草原上不断抖动耳朵的鹿的警觉。

我并非想说世上存在绝对的未知。这种现象若是反复出现，意识就会崩溃。假设我们能够接触未知的东西，那里应该存在着对某种气息的感应（预感）。也可以说成对异常情况的感应，或者是对被中井称为“征兆”的“不存在的现在”的感受。这种对“潜伏之物”的感受若不始终跃动在现在的边缘，我们恐怕就无法接收未知。

中井久夫在旧作《分裂症与人类》（一九八二年）中将其称为“预测法”，并阐述道，那是一种“以最为强烈的方式感知最为遥远、最为渺茫的征兆，仿佛那个情况正在眼前发生，既恐惧又憧憬”的心态，同时也是绝不放过任何微小的现象和变动，并且与之共鸣的心态。正因为对差异异常敏感，才会被细小的差异裹挟，往往容易陷入认知失调的困境。由于对每一个瞬间的局面变化过于敏感，无法灵活运用过去的记忆，因此欠缺了吸收杂音的能力。打个比方，就像在没有坑洞或树丛这些藏身之处的战场上，受到连射炮的攻击，连暂时撤退重整态势都无法做到，只能像一根紧绷的丝线或是像站立于光滑的平面，深陷极度的紧张与不安。这就是欠缺了深浅缓急或者说所谓“回旋余地”的现象世界。

不仅如此，这个世界中任何微小的变化都带有过剩的“征兆”式含义，就像精神分裂症患者在发病初期体现出的“将身边人的表情变化视作噪声，从每一个微小的动作中看出重大的决定性意义，从而做出过激的行动”一样。一切情况都好像正在眼前发生，所有的“征兆”都毫不留情地刺向自己。

> 经验证明，患者并不像周遭的人所想的那样恐惧幻觉和妄想，一个理由在于，“超前的恐惧”

> 远远胜过那种恐惧。有时，“超前的恐惧”会突然发作，反复袭来。每到那种时候，恐惧就突破了上限，最终让患者陷入恐慌。这点绝不能忽视。部分患者所经历的、反复发作的幻觉和妄想一旦达到某种强度，身体就会发出“困顿”的信号以求自保，当患者醒来时，症状已经消失。但是被那种恐惧侵袭的人无法做到这一点。他们不得不大声哭喊、寻求刺激，有时甚至自残。这都是对自己的身体发出的绝望的呼救。
>
> （《征兆·记忆·外伤》）

这是一种得不到“身体的自保”、无法安眠的痛苦。“对身体发出的绝望的呼救”终究无法到达，只能化作自残的呻吟。

没有“回应”的保证

在这个意义上，“等待”虽不能算是借由“征兆”对生命的全面支配，却也算是对“征兆”的期待。那种期待有时平淡如水，有时焦躁如火。痛苦的呻吟无法“跨过”，只能“在纠结中驻足忍耐”。

纠结。那是放弃与期冀的纠结，是失意与希望的纠结，是疲敝与祈愿的纠结。换言之，就是一直沉浸在矛盾的情绪中。“等待”与“对身体发出的绝望的呼救”相比，反倒更像是强行咽下痛苦的呻吟。所谓“等待”，就是劝说自己不要急于跨越时间。但与此同时，又不能满足于随波逐流。人在等待时，都会怀有这样的矛盾。“等待”从其意义上说，是在没有“回应”保证的基础上，敞开自己的身心，以便接受可能会发生的关系。缓慢而让人心焦的时间也许毫无意义，“等待”的时间也许会白白浪费，在这个认知基础上发生的“等待”，绝不是单纯被动的行为，绝不是无为。

“等待”所固有的注意力，并非等同于对“征兆”瞬时的或者过度的感应。莫里斯·布朗肖在《等待，遗忘》（一九六二年）中这样阐述道：

> 期待在他身上汇集的注意力不是为了获得他所期待的东西，而是为了让所有可实现的东西仅仅通过期待，向不可实现的东西靠近。

期待会产生注意力。空虚的、没有计划的时间就是期待所带来的注意力。

有了注意力，他也不会关注自身，或是关注任何事物，而是被期待的无限性带去一个连期待都无法企及的极端。

期待通过拿走所有期待的东西，来赋予注意力。

通过注意力，他解决了期待的无限性，这使他得以向期待之外的事物敞开自身，把他带到期待无法企及的无限。

在期待中，期待的事物渐渐远离，人最终完全逃离了期待，以及自己期待的事物。此时，注意力就会被唤醒。那种注意力把他领向了“期待之外的，期待无法企及的无限”……[顺带一提，意为“等待”“期待”的法语“attendre”与意为“注意”的英语“attention”拥有同一词源，即拉丁语“ad-tendere”（伸展）。]

布朗肖提到了“抗拒等待而生成的期待”，阐述了“一旦开始等待，等待的成分就会减弱”。可是不抱任何期待的期待究竟是什么？不做任何等待的待机又是什么？

顺应“征兆”

也有必要思考等待某个人的行为。

关于等待某个人，太宰治写过一篇题为《等待》（一九四二年）的超短篇小说。一个二十岁的女性采购归来时，走到省线车站旁的长椅上落座，抱着菜篮子，呆呆地注视着出站口。

我在等待一个人，但是别人向我搭话时，我却会受到惊吓，绷紧身体、屏住呼吸。我一定是不希望与人相见，但我还是在等待一个人……

一旦遇见什么人，必然会带着紧绷的心情应付式地交谈，脱口而出“不痛不痒的客套话”和“煞有介事的虚假感想”，最后筋疲力尽、痛苦不堪。这种“琐碎的算计”令人感到悲哀，“难以忍受”。

若是与母亲待在家中做女红，就不会如此苦闷。可是外面开始打仗了，周围充满紧张的气氛，“我却每日呆坐在家中，像是做了很坏的事情”，很想拼命工作，“派上点用场”。可是到了外面，“也没有找到我的容身之处”，只能采购些东西回来，呆坐在车站的长椅上。如果有人走过来，我一定会狼狈不堪，瑟瑟发抖，又会反过来觉得无可奈何，渐渐陷入“可耻的幻想”，近乎窒息。尽管如此，我还是在等待。

我究竟在等待什么人？那个人没有具体的形象，只是一个模糊的影子。可是，我在等待。自从大战爆发，我每一天，每一天，买完东西回来都会走到车站，坐在冰凉的长椅上，等待。一个人笑着向我打招呼。啊,好可怕。啊,多难为情呀。我等待的并不是你。那么,我究竟在等待什么人？丈夫？不对。恋人？不对。朋友？不是。金钱？怎么会。亡灵？啊，不要。

……

人群在我眼前来来去去。不是这个人，也不是那个人。我抱着菜篮子，微微颤抖着，潜心等待。请不要忘记我。请不要嘲笑这个每一天，每一天都到车站去迎接，最后空手而归的二十岁姑娘,请记住她吧。那个小站的名字,我不会说出来。即使不说出来，总有一天，你也会见到我。

明明在等待一个人，却不希望与那个人见面。

若是有人过来搭话，不仅会吓一跳，还会浑身震颤。不，甚至可能将那个人推开。但是“请不要忘记我”，请一定要记住我，请找到我……

我一直在等待，等得心焦，等得筋疲力尽，依旧在静静地等待，所以请你发现我。也许，这就是普遍的心态。我希望，发现我的那个人，就是我所珍视的“那个人”。如果“那个人”是注定不可能实现的幻梦，那么别人也行，希望有人一直注视着我。但是太宰治笔下的主人公不希望被某个特定的人注视，不希望被某个特定的人发现。自身的存在得到他人的承认，一般来说是人之“自我”成立的最终证据，但她连这个都拒绝了。那么，希望别人记住的这个“我”，希望别人发现的这个“我”，究竟是谁？

“被贴上‘查无此人’的标签”（加布里埃尔·马塞尔）打回来的“等待”。假设这是从一开始就缺失了目标语的“等待”，那它就不是感应到“征兆”的预感，而有可能成为对“征兆”本身的无预感的顺应。

自毁

“贾格尔先生，你要戏弄乐迷到什么时候？”

阿尔塔蒙特的惨剧

一九六九年十二月六日，旧金山郊外的阿尔塔蒙特赛车场发生了一场惨剧。

四个月前，伍德斯托克音乐节在纽约州伍德斯托克郊外的奶酪农场开幕。这个露天摇滚音乐节吸引了五十万乐迷，规模堪称空前。整整三天时间，尽管天气不佳，这里还是成了爱与和平的理想国，没有发生大规模混乱。可以说,那是一个短暂的奇迹。《生活》杂志对这个活动大加赞扬，华纳兄弟计划发布的纪录片电影也得到了极高的评价。

米克·贾格尔被激发了斗志，决心背道而驰，办一场完全不同的音乐节。他选择了美国西海岸，还放弃收取高额门票费用，当天免费开放。除此之外，他还雇用了凶悍的加拿大黑帮“地狱天使”负责会场治安。大麻、快速丸、LSD、海洛因，毒贩子在三十五万名观众中如鱼得水。情侣们“当众上演《爱经》里的体位”。暴力、毒品、性爱。观众们在一片混乱中涌向舞台，“地狱天使”则用铁头靴子、铅管和黄铜指虎迎接。他们对看不顺眼的人拳脚相向，最后把正在暖场的杰斐逊飞机成员也打伤了。

会场上出现死者时，米克和滚石乐队的其他成员正在房车里吃烤面包片、吸大麻、喝香槟。此时，距离最后一场演出的预定开演时间已经过去一个半小时。

> 他们极其擅长让人等待，深知拖延到什么时刻能让观众的期待达到最高潮。观众们通常在滚石乐队的现场表演前奏开始之前，就已然陷入恍惚状态。
>
> 贾格尔忽视了有关暴行的报告，坚信他雇用的“地狱天使”会保护自己。但是那个时候，帮会成员已经等得极不耐烦，不断给出“暗示”：

贾格尔先生，你要“戏弄”乐迷到什么时候？赶紧上去唱吧。贾格尔不为所动。他一直认为自己的妆容在晚上更有效果。

（克里斯托弗·安德森《米克·贾格尔的真相》）

等到他们登上舞台，才知道“地狱天使”究竟在外面干了什么。米克等人慌了手脚，但还是猛灌着杰克·丹尼威士忌，演唱了让人联想到连环杀手查尔斯·曼森疯狂信徒的“Sympathy for the Devil”，并反复高呼“Gimme Shelter”的歌词“Rape, murder! It’s just a shot away”。演唱结束后，他们立刻坐上随时候命的直升机返回了酒店套房，然后浑身颤抖，低声喃喃：“差点玩脱了……”第二天，滚石乐队一大早就坐上了前往伦敦的航班头等舱。

武藏的谋略

重复刚才的引用：“他们极其擅长让人等待，深知拖延到什么时刻能让观众的期待达到最高潮。观众们通常在滚石乐队的现场表演前奏开始之前，就已然陷入恍惚状态。”

诱导、诱惑、混乱……利用等待，人可以使他人陷入不稳定的状态。等待是一种延绵不绝的焦灼。让人等待的诀窍，在于使对方渐渐达到焦灼的最顶峰。

为何这是诀窍？

先来看另一个例子。说到让人等待并获得胜利的案例，许多人首先想到的一定是岩流岛的战斗。当时的公告如下：

告

兵法决胜之事

·日期：四月十三日辰时上刻

·地点：丰前长门海门　船岛

·决胜者：

当家兵法师范岩流佐佐木小次郎

播州浪人、新免伊贺守血族宫本武藏

·当日，未经当家许可，不准前往船岛，亦不准乘船观望。

庆长十七年四月十日

细川越中守家中

国家老长冈佐渡守兴长

（柴田炼三郎《宫本武藏》）

跟米克一样，武藏在这则公告贴出来时，正躺在下关的回船问屋休息。随后，他懒洋洋地站起来，问主人讨了一把旧船桨，削成比小次郎的三尺一寸二分太刀更长的木刀。武藏花了两个小时，把船桨削成四尺一寸二分的长度，然后，他才乘小船上岛去了。

小次郎早在辰时上刻的半刻之前（上午七点）上了岛。武藏乘着波浪踏上海岸时，已是巳时下刻（上午十一点）。其后的光景，想必很多人都知道。

胜负瞬间既决。

武藏只看着岸上的小次郎，却在水中踱着步子，并不上去。不一会儿，他就停下来，朝岸上走去。

小次郎屏息以待。

但是，他等不及了。只见他脚下一蹬，直奔水际而去。他要趁武藏尚未离水，双脚沉重的空当发起攻击。但是，武藏已经上岸了。

小次郎大喝一声，痛骂武藏迟到，同时抽出太刀，将刀鞘甩到海中。武藏立刻开口道：

——你输了。

这便是武藏的谋略。小次郎果然中计，问为何输了。

“那还用问。”

武藏冷冷地说。

“你若想胜，便不会扔掉刀鞘。”

（司马辽太郎《宫本武藏》）

事先打探水际的情况，上下颠倒的头巾结，特意摆出不显长度变化的持刀姿势……武藏虽然用了好几种计谋，但决定胜负的最大因素，是心理战。没错，就是“小次郎屏息以待。但是，他等不及了”。

在这次决战中，小次郎“等不及了”。那么，如果“等及了”又会如何？也许，一旦开始等待，就已经注定了结局。正因为他的心境在此期间发生了动摇，待武藏到达，他已经无法保持刚开始等待时的心境。

所谓动摇，就是即使表面强装镇静，到了最后一刻，那种“焦灼”还是会一触即发，全面炸裂。

空转的心

“明明在等待一个人，却不希望与那个人见面。若是有人过来搭话，不仅会吓一跳，还会浑身震颤。不，甚至可能将那个人推开。但是‘请不要忘记我’，请一定要记住我，请找到我……”

抱着菜篮坐在长椅上，呆呆凝视检票口的二十岁女性。太宰治在《等待》中塑造的女性形象虽然在等待某个人，却并不期待与人相见。这个女性委身于并不期待某个人或某些事物的“等待”，对未来不抱任何希望的“等待”。她的“等待”不具有等待某种事物的他动词性质，但是我有预感，她的“等待”与我们的“等待”具有同样的内核。如果将那种“等待”视作他动词“等待”的减法产物，就只能看到瘦削欠缺的轮廓。那么，是否能把路途反过来，从“等待”的最强大的他动词形式，也就是“使等待”出发，反而向不抱期待的“等待”靠近？此刻，我们面对米克和武藏，做的就是这种打算。

在漫长的等待中，焦灼为何会渐渐高涨？

随着等待的时间一点一滴地滑过，“等待”渐渐变成执拗。等待中的自己，或者说等待这个状态，会毫不留情地侵入自我的意识。人会带着毫不动摇的决心等待，决心“等到最后”，并尽力维持这种状态。可是，一旦有了这样的认知，就中了对方的计谋。因为“毫不动摇”的想法框住了自我的意识。柴田炼三郎这样描写了小次郎的感受：“故意迟到以扰乱军心，这种小伎俩能骗到别人，对我佐佐木小次郎可不管用！”

就这样，在等待中，对等待的认知渐渐覆盖了意识的表面。换一种说法，就是意识渐渐凝聚到了“等待”这一点上，与之紧紧纠缠。“等待”的行为被提纯为“等待”的认知，使人除了等待再也无法思考别的事物。也许，这就是“等待”变成执拗的过程。

使意识僵化，这是最有效的诱导及诱惑手段。而让意识僵化最有效的方法，就是让一个人看到恐怖的、骇人的、禁忌的，也就是不该看见的东西出现的可能性。换言之，就是给意识施加过度的负担，让散漫的意识集中到一个点上。如此一来，周围的一切事物都会变成那个人所等待之物的征兆或符号，一点细微的响动都会令他浑身一颤，做出过度的反应，内心彻底被打乱。

结果同样，意识一旦集中起来，对外界的各种感官刺激的感知就会变得极为有限。因为捕猎的大网已经收紧。在受到外界感官刺激时，有意识的感知与无意识的感知的界限，也就是意识的阈值，远比我们想象的更具流动性。随着意识的高度紧张，“意识层面的感知会显著减少，而潜意识则会变得对刺激更加敏感”（威尔逊·布莱恩·基《媒体·性》）。也就是说，意识越紧张，人对潜意识刺激就会变得越没有防备。于是人就会在无意识中受到周围细小变化的深层影响。有时面对无法认知的空气的细微变化，人也会不知不觉地产生不安和恐惧。所以，当意识逐渐凝聚到“等待”这一认知上时，人会变得越来越不稳定。

就这样，等待者的存在开始受到强烈动摇。在永无止境的等待中，等待者的心开始空转。对方瞅准的就是等待者陷入心灵空转的一刻。所以，要想“等及了”，必须解除“等待”的认知。如果不停止“等待”，就永远没有“等及了”的一刻。

冷却

"究竟是等待更苦，还是让人等待更苦？"

等待与使等待

武藏通过让人等待取得了胜利。

让人等待，就是将对方逼进"等待"的状态，任其自毁。简而言之，就是等待对方在"等待"中自我毁灭。可是，等待对方自毁也是一种等待，自己也可能同归于尽。所以，这是一场"等待"的战斗。让人等待也是极为困难的事情，所以武藏选择了睡觉。他将自己从等待对方自毁的"等待"中解放出来，并且真的睡着了。他一直睡到约定的时间才睁眼，那一刻，胜负已定。小次郎一旦说出"怎么还没来"，武藏就赢了。武藏通过不等待获得了胜利。不，更确切地说，他通过不抱期待的等待，获得了胜利。

太宰治在短篇《等待》中讲述了让人等待，不，他是被迫讲述的。且看檀一雄的《小说太宰治》。

太宰夫人找到檀一雄，交给他一个装着七十多日元的钱袋，请他送到正在热海闭关工作的太宰治那边，顺便叫他早点回来。檀一雄到了热海，交出钱袋，太宰突然说："我们走吧？"接着起身道，"去还钱。"太宰走到门口，拿起一把环形图案的女式雨伞，檀一雄还瞥见伞上写着"叶子"两个字。后来，事情走向了与太宰夫人的意思完全相反的方向。他们去了太宰经常光顾的小饭馆，看他炫耀刊登在《改造》上的新文章，随后，太宰又在檀一雄"这样真的好吗？"的疑问中笑着掀开了高级餐馆的门帘。最后的炸海苔上来后，太宰问了一句："结账吧，多少钱？"答曰，二十八日元七十钱。"太宰脸上似乎也失去了血色，但是既然已经滑落断崖，我与太宰都豁出去了。太宰口袋里只剩下不到五十日元。"房费、艺伎和游女的费用、酒馆的赊账，这么计算下来，"太宰剩下的钱肯定是不够的"。

回到旅馆，太宰脸上已经浮现出了"那种深陷妄自尊大的沉闷麻木的表情"。他一边喝闷酒，一边拿起《改造》，挑剔其他作家和审稿漏掉错字的编辑。接着，二人又去了旅馆后面的艺妓屋。第二天也是“走吧”，喝了一天的酒，玩了一天的女人。一直到第三天早晨。

“我明天，不，后天回来，你在这里等我，好吗？”

说完，太宰又留下一句“放心，不会让你孤单的”，接着便去了东京。原来，他事先安排了熟悉的游女陪檀一雄。

不知等了五日还是十日，檀一雄带着终于忍无可忍的旅馆主人，开始寻找太宰。他们首先去了井伏鳟二家，没想到太宰就在那里，正和井伏悠哉游哉地下棋。

“你怎么回事，太过分了吧！”檀一雄震怒道。不对，他“考虑到当时的场面”，不得不假装震怒的样子。听到他的声音，太宰“手中的棋子噼里啪啦地落到了棋盘上”，指尖还在微微颤抖。“我明天想办法解决，跟檀君一同去热海，请您先回吧。”井伏安抚好旅馆主人，接下对方递过来的几十张喝酒玩乐的请款单，把他送走了。那些单据总额大约三百日元。井伏鳟二和檀一雄去拜访佐藤春夫，讨来了九十日元充当太宰和檀的住宿费，井伏又把自己的财物和太宰夫人的衣服拿去典当，补上了剩下的费用。在这场骚动中，稳坐不动的太宰对檀说了这么一句话——

“究竟是等待更苦，还是让人等待更苦？”

檀一雄写道：“我至今仍记得，那句话虽然听着弱势，却带有一种强烈的反击韵味。”后来，他读了《奔跑吧，梅勒斯》，又这样写道：“我们那次热海之行，也许至少激发了那种重要的心境。”

等待之苦

从某种意义上说，《奔跑吧，梅勒斯》描写了等待之苦。梅勒斯为了给妹妹这个唯一的亲人准备婚礼，专程到希拉库斯采买新娘的衣裳和宴席的酒菜，却得知了国王的暴政。他决定到城堡里刺杀国王，但被警察抓住了。为了及时赶上妹妹的婚礼，他将“竹马之友”赛利奴提乌斯交给国王作为人质，并约定三日内不回到城中，国王就将赛利奴提乌斯处死，若及时赶回，国王就放了赛利奴提乌斯，处死梅勒斯。国王对他说：“你稍稍迟回来一点好了，我会永远宽恕你的罪行。”梅勒斯开始奔跑。他说服亲戚朋友紧急举办了婚礼，而他筋疲力尽、倒地就睡，醒来后踏上了前往希拉库斯的旅程。他撞开行人，游过急流，打倒山贼，拼命奔跑。太阳落入地平线，最后的光芒即将消失时，梅勒斯总算赶到了刑场，死死抱住正要被吊上绞刑台的朋友的双脚。然后是那个场面，他们为彼此一度产生的怀疑互相打了耳光，接着紧紧拥抱在一起。连国王也被感动了……

梅勒斯奔跑着，为了赶上自己的死刑。赛利奴提乌斯的徒弟在路边劝说他放弃，对他说：“他一直对您抱有坚定的信念。”梅勒斯却回答：“正因为得到了信任，我才要奔跑。”“有人在等着我。有人在坚信不疑地、静静地等着我。我正受到他人的信任。我的性命算得了什么呢。我现在说不出什么以死谢罪之类的轻巧话语。我必须回报他人对我的这份信任。我能做的只有这一件事：奔跑吧，梅勒斯！”

梅勒斯，它的发音应该是希腊语的“歌”之意。在把“歌”转译为“文学”时，就如檀一雄所说，很容易将其与热海的经历重叠在一起。太宰治将等待之苦融入了一则寓言，这完全是有可能的。然而，他并不是将世人眼中怎么洗都洗不白的行为改写成过于美好的友情故事。如果真是这样，太宰亲口说的那句“究竟是等待更苦，还是让人等待更苦？”就成了只存在于“人世”这则寓言里的话语。太宰是否承认人世的堕落或自毁只是“文学”的话语，在这一点上试图探求他的“心声”是毫无意义的。

等待之苦也可以说成让人等待之苦。用梅勒斯的话说，就是受到他人的“信任”，却最终无法回报那份信任时感到的痛苦。这里的痛苦来自“让人等待”、得到无条件的信任。等待的人只需付出信任，等不及了便陷入自毁。使等待者却要接受信任的试炼。在让人等待期间，那个人始终背负着伤害他人的可能性。一旦进入使等待（被等待）的关系，就意味着每时每刻都沉浸在伤害他人的可能性中。不仅是在无意中背叛了信任的场合，即使是在全力回应信任的过程中也同样如此。从这个角度来看，确实是“让人等待更苦”。也许，太宰梦想的是在“等待–使等待”的关系之外与他人产生联系，希望把自己转移到那个次元中。不过，要想到达那个次元，也许必须摧毁“等待”这种行为。在现实中，那意味着最紧张的“等待–使等待”

关系。

事实上，短篇小说《等待》的主人公就在“等待”之外做出了非“等待”的等待。梅勒斯在最后一刻回应了他人的“等待”，可是那个拥抱在经历了彼此“等待”的破裂后才达成，仿佛在说拥抱的意义源自“等待—使等待”的关系之外。

正如武藏的情形，“等及了”只可能在放弃“等待”的情况下实现。同样，太宰的那句“究竟是等待更苦，还是让人等待更苦？”也只能在让人等待的同时否定让人等待（不消说，这在现实中是最过分的方式），也就是在背叛等待者之后方能实现。

“等待”之前的“等待”？

可是，在“等待—使等待”的关系之外，真的可能发生等待吗？“等待”之外的等待说来好听，但我并不认为太宰简单定义了“等待”之外的含义。假设他做了定义，就没有必要在《奔跑吧，梅勒斯》中让“等待”无限靠近“信任”。他如此急切地让“等待”靠近“信任”，也许反而象征着太宰从一开始就以一种最为纠结的方式深深陷入了“等待–使等待”的黏性关系中，并且无法选择超越它的道路。既然如此，我们也不应该急于跳出“等待–使等待”的关系。

被等待很痛苦。被等待的每一刻，都在提示自身的不完整性。但是梅勒斯提到，被等待也包含着欣喜。因为他说:“正因为得到了信任，我才要奔跑。”若自身的言行无法让任何一个人做出等待的行为，人也许会难以忍受。亲朋好友、相爱的恋人——人终其一生寻求的，就是让“被等待”成为自身存在的最后的支柱。

为了被等待，为了让“等待–使等待”的关系成立，自己必须进入那个关系。被等待者同时必须是等待者。可是，“等待–使等待”的关系并不容易保持平衡，也不可能在某个人与某个人之间形成完整的闭环。人与他人的关系时刻被各种各样的“被等待”所分割。“等待”的行为，往往只会得到“‘查无此人’的标签”（加布里埃尔·马塞尔）。

西方人用“interest”（关心、利害）指代考虑、顾虑、烦恼，以及背后难以估量的局面，这个词源自拉丁语的“inter-esse”，也就是“相互的”。所谓“interest”，其实就是“inter-being”。然而，这里的“inter”实际不可能是沟通式的相互性，而是掺杂着错位、裂痕、龃龉、摩擦、猜疑、误解、误导、瞒骗、期待、背叛的错综复杂的关系。每个人心里都很清楚，“等待–使等待”的关系只可能在相互性的破裂与修复这一永无止境的过程中成立。

在那种关系中，人们一心等待，反复经历同样的心情，渐渐变得麻木，最终对“等待”本身感到筋疲力尽。尽管如此，人还是一心等待，只能一心等待。他已经对“等待”本身不抱希望。因为希望越大，失望越大。

不等待的等待。压抑等待的自己，压抑等待的行为，甚至不抱等待的意识去等待。这是用放弃交换来的“等待”。现在暂时放弃，不再怀有期待，不再翘首以盼，甚至彻底忘却内心一角还在等待的事实。如果此时还不放弃挣扎，情况只会变得更焦灼。

也许，这种状态跟“育儿”很像。不等待的等待，忘却等待的等待，不指望将来能够得到理解的等待，不期盼对方能发现自己的等待……

假如家人是毫无防备地紧挨着彼此的存在，那也许是因为即使在完全放弃了期待的情况下，被等待的感觉依旧扎根于心中。即便那些根须有时会转眼之间枯朽，即便那些根须有时会被极其残忍地撕裂。只是，在被等待者眼中，那是某些东西慢慢堆积起来的过程。所谓“某些东西”,太宰会毫不犹豫地定义为“信任”。不过，并不能确定那是不是另一个“我”寄托在“我”身上的“信任”。与其说是“等待”，更应该说那是“等待”之前的“等待”。

纠正

“可以忘却的东西，不能忘却的东西，还有必须忘却的东西。”

永恒持续的时间

等待，一心等待。那样的身影叫人痛心。

一心等待对方的呼唤，或是某种行动。这既是理所当然，也是完全的被动。这意味着将事物的发展完全托付给对方。哪怕将思考的支点往自己这边稍稍移动一些，“等待”就会失败。因为那会使人怜悯等待的自己，再也无法一心等待下去。或者是将本应穿过的时间以期待的形式连接到当下，使之伴随着焦虑不断加速，最终导致等待被焦躁侵蚀，形成空转的结局。

正如讨债。债权人等待还债时可以随心所欲地发出最后通牒，也可以放弃。但那不能称为等待，更应该称作给你面子、宽限几天，而非一心一意盼望着时间过去、期限到来。此时，债权人只会偶尔想起还有几天到期。再譬如服刑和关禁闭，获得自由的一刻必然会到来，人就可以放心地数日子。这样的等待存在明确的范围，剩下的时间在一点点减少，等待的终点在不断靠近。等待分娩、等待开花、等待红酒熟成，这些事情都有终点，时机必定会到来，因此人们可以怀抱希望去等待。

当“等待”不能保证有终点，预感不到时机的成熟，人却被束缚在“等待”的位置上时，等待就会开始空转。若是内心充斥着对被等待者的愤懑，这种时候还不算坏。因为人可以劝说自己改变想法，重新摆正等待的姿态。可是，一旦被拒绝、被抛弃、被丢下，情况就不一样了。

被抛弃、被丢下意味着自己盼望归来的对象把自己排除到了意识之外。那个人眼中已经没有“我”，甚至不存在“我”的任何影子。这个事实将会压倒“我”。如果跟那个人的关系对“我”而言只是众多关系中的一种，“我”还能反过来主动与之断绝关系。可是，如果这种关系决定了“我”的存在，则意味着那个人将“我”的存在毁弃了。而那个人甚至没有意识到这种毁弃。

被击倒，所有自尊都被打碎，但依旧要等待。即便只是暂时的关系，也要等待。就算没有回头的保证，也只能一心等待时，“我”究竟该如何穿过那看似永恒的时间？

要向看似永恒的时间妥协，就少不了话语。等得坐立难安、等得不耐烦、等不下去、等累了、等到最后……表达漫长等待的话语，竟如此丰富。

通过“变更观点”跳出意义之“外”？

维克多·弗兰克尔使用的方法，是通过提出无数的小问题来熬过那段时间。“今晚能吃到什么样的饭？是否应该把多给的一片火腿换成一片面包？两周前作为‘特殊工资’发给我的最后的香烟，是否应该拿去换一碗汤？我该去哪儿找铁丝网的线头代替断掉的鞋带？等会儿到了工地，我能否被顺利分到自己熟悉的小组里？万一被分到别的小组，在脾气暴躁的监工底下挨揍可怎么办？”（《活出生命的意义》）

说白了，就是将自己逼进一个极端狭窄的视野。

吉本隆明也推荐了同样的方法以熬过年老的抑郁。

> 对于伴随真实感受的具体事项，可以缩短周期展开思考。……无论幸福或不幸，都不要放在过于漫长宽广的范围里思考，而是将它缩短、减小，意识到一日之间存在着起起伏伏的变化，不去思考大的幸福或大的不幸。哪怕在小事情上，也能时刻体验到幸福或不幸。通过变大为小，将时间细致地分割，在每个短暂的区间里，若是感到开心，就将其当作幸福，若是感到不开心，就当作不幸。就我个人而言，这种细致的分割在某种程度上更符合真实感受，除此之外，我想不到别的方法。
>
> （《幸福散论》）

吉本与弗兰克尔的不同之处，在于他在另一个维度上没有再次将这种意识的改变延续到“意义”的问题上。弗兰克尔通过缩小视野熬过那段时间，来到了下一个层级的空地上。或者说，不得不来到这样的空地上。他完成了“观点的变更”，提出“这不是我们还能在人生中期待什么的问题，而是人生究竟还对我们抱有什么期待的问题”。他提示了在探讨“等待”时的一个转换点，也就是必须将自己托付给另一侧的视角，否则无法等待下去。然而吉本与之相反，认为不能走到那片空地上。“正如人‘为何’而生的提问等同于人‘为何’而死的提问,它们都只能在‘空想’的基础上探讨。所以抗拒这个提问，只不过是‘生’的现实性。”（《思想的根据该放在哪里》）他就是在此基础上，说出了“将时间细致地分割”。

在这里，我要提示与之完全对立的“母亲”的形象。

儿子在挣扎着探索自己存在的“意义”。他无法理解这样一个人，她从不质问自身行为的“意义”，始终在“意义”之外，或者说在“意义”不会降临的地方每日重复“不足为道”的行为,却没有陷入疯狂。她是他的母亲。母亲起床后先做饭，然后晾衣服、洗碗、打扫、修补，中午再做饭、叠衣服、洗碗……可以认为，她在单纯地维持着家人及自己的生命。因此儿子无法理解，母亲为何能在“意义”永远不会到来的重复行为中忍耐。母亲不明白儿子的痛苦，甚至可能不想知道他正在经受痛苦。母亲只知道他正远离与自己共处的空间，正打算抛弃自己。

母亲无能为力，只好等待。除了等待，也许别无他法。等待什么？等待……浪子回头？恐怕不是。切断的线永远无法恢复原状。虽不知那根线要去哪里，但将来或许能以别的形式重新触碰到它。一定可以。所以只能等待。但是母亲这种等待的姿态、自己被等待的事实,又会让儿子烦躁不已。所以不能等待。不应该等待，而应该待机。像平时一样，以同样的方式做同样的事情。为了他将来的回头,不能改变地点,要始终不变地待在那里。只能如此。但是，这样最痛苦。所以自己要先忘记正在等待的事实。若要防止自毁，就只能这样。忘却等待，“将时间细致地分割”,专注于每一件小事。这是自己一直以来的方法。渺茫的、微小的、与等待无关的事情，这些事情不是曾经在不经意间触动过家人吗？经过漫长的岁月都不曾改变的味道，不是让那孩子的表情骤然改变过吗？平时只会抱怨“怎么又是这个”的他，竟在尝到的瞬间变了一种表情。就算忍不住欺骗那孩子也好，就算不能等待只能待机，最后变得没出息也好，欺骗也许能生出意想不到的关系。那样总比永远不发生关系更好。不对不对，连这种事也不能想，必须专注于每一件小事，将自己埋没进去。接下来，时间一定会替我如愿。在此之前，只需熬过时间，忘记自己的煎熬。也许，我只有这个办法……

天然的纠正？

河濑直美最近导演了一部作品，名叫《沙罗双树》。电影从一名少年突然失踪的场景开始。他的父母和双胞胎哥哥都对这件事缄口不言，在沉默中度过了漫长的时光。在哥哥长大成人后的某一天，父亲仿佛自言自语一般说：“可以忘却的东西，不能忘却的东西，还有必须忘却的东西。”

一家人各自为自己定下了那三个标准，并在彼此的龃龉中熬过时光流转。总结下来，每个人的人生都是在三者的互相纠缠和互相牵绊中，好不容易将其整理清楚的过程。“忘却”就是远离，不同的心境彼此交错，就像叶片在阳光下反射的不规则光芒……这便是电影给人的感觉。

在试图忘却等待的过程中停下脚步，反复说服自己，却依旧难以忘却。“可以忘却的东西，不能忘却的东西，还有必须忘却的东西。”在理清这三类记忆，使之成为覆盖伤口的疮痂之前，人不得不屡屡停下脚步。欲止又行，强迫自己不能停下。

人的天性终究无法给予救赎吗？檀一雄在《小说太宰治》中讲到的“天然的纠正”，终究不会降临吗？

> 我沉浸在悲痛中，完全被我的苦恼所支配时，双眼已经游离在前方，不顾一切地搜寻光辉的事物，并在那里恢复了它们的自主存在。在我们试图将全部人生凝聚在这一刻的瞬间之后，时间，或者至少是前人称性质的时间再次开始流动，即使没有带走我们的决心，至少也带走了支撑它的热情。个人的存在是间歇性的，当这股潮流转折退去时，决心能够赋予我生活的，也只剩下了勉强制造的意义。
>
> （莫里斯·梅洛–庞蒂《知觉现象学》）

人们总说，时间能解决一切问题。也许是因为过去的经验告诉他们，这种“潮流”背后的“前人称性质的时间”将会推动“我”缓缓流淌。“等待”大抵也会这样缓缓流走。急切的“等待”之所以能够像这样流走，恐怕是因为“前人称性质的时间”并非孤立的时间，而是于他者之间流淌的时间。将时间分割为碎片，再用不断重复的琐事填补空隙，每次做出这种行动，都会与他者的同类行为发生无数的交错，产生无数细小的波纹，在任凭波纹推动之时，时间已然流淌而去。不经意间埋首于日常重复的行为而不知止歇，这也许是人类无奈之下选择的天生智慧。

如果“等待”也能埋没其中，倒也不错。只是……

省略

“你欲言又止的，是这句话吧？”

倾听之难

等待，总是不协调的。

檀一雄所说的“天然的纠正”，人们总会理解为“时间会解决一切”。这意味着让一件事慢慢沉淀在心中，纵使无法接受，也承认了那样的痛苦，进入“不等待的等待”状态。可是，等待并不会如此爽快地终结。况且，那个意义上的“纠正”，说到底并不会让眼前的关系发生任何改变。事态只不过换了一种形式继续发展。我们恐怕应该说，那就是等待。

咨询师、“倾听客户烦恼”的人，也经常使用这种方法。

> 假设一个女性叫嚷:“我无法原谅丈夫!”若是在日常场景,大部分人会问:“怎么了?发生什么事了?”而咨询师则会说:“你在对你丈夫生气。”也就是为她的情绪提供一个焦点。两种倾听方式截然不同。前者关注到了夫妻的关系与当前的事态,后者则将目光聚焦在妻子本人的内心。因此,前者的后续发展是“因为这样那样的事情,我无法原谅他……”,即陈述自己的遭遇和丈夫的态度。但是后者则会演变成描述自己的情绪,譬如“是啊,我很生气,光是听见丈夫的声音,我就会特别烦躁……”。也就是说,她的焦点不是“为何生气”,而是“自己烦躁”。
>
> (小泽牧子《我们不需要“心的专家”》)

在心理咨询中,最重要的是毫无保留地接收对方的话语,就算认为是错的也不做反驳,单纯地倾听。为此,很多咨询师都会不断反问,确认对方的每一句话,而他们接受的训练也是如此。在倾听志愿者的训练中,遇到对方突然停止倾诉,事态停滞不前的情况时,受训者只需反问:“你刚才心里想了什么?”然而，如果心理咨询和倾听以这种方式推进，那就只能是误导。因为在那一刻，原本的问题，也就是自己与他人之间产生的龃龉，被偷换成了我自身的问题。本来应该询问激发问题的原因和事态，但是被不知不觉替换成了当事者应该如何接受这一事态，成了针对“内心”的提问。

心理咨询和倾听也是“等待”。不去迎接话语，而是一味等待话语在不经意间掉落。

再强调一遍，它不是去迎接话语。迎接话语也许是“倾听”的最糟糕形式。

I：三月那时，有人对我说：“你已经平静下来了吧。”我听到那句话，感到了难以言喻的隔阂。当时地震过去了两个月，但是我眼中的时间和那个人眼中的时间，似乎有不同的意义。

K：很多日本人在打招呼时都会这样说呢。如果得到肯定的回答，自己就会感到安心。而被问候的人因为怕麻烦，多数也会给出肯定的回答。

I：我也是这样回答的。（笑）

K：此时就产生了隔阂，无法继续交谈。

I：我已经不想跟那个人说更多了。

K：对吧？很多所谓疗愈心灵的人，也经常会有这样的失败。一旦说出“怎么样，快好了吧？”，对方就会感到自己必须马上好转，因此变得更痛苦。

I：有的人会一言不发地听别人说话，我反倒会感叹不愧是专业人士。因为我亲身体会到，一言不发地倾听是多么重要的态度。

K：不随意安慰。因为在刚刚遭遇打击时，得到别人的鼓励根本没有用处。

（河合隼雄《心理疗法现场·上》，此处为与石川敬子的对谈）

假设倾听就是接收一个人的话语，那么倾听也是等待。站在倾诉者的立场上，那种感觉是自己无论说什么都能被接受，毫无保留地接纳自己的话语，仿佛自己得到了原原本本的接纳。那么，“倾听”就是等待无法预测的话语，等待“他者”的来访。

为何迎接话语是最糟糕的“倾听”？因为讲述是主动拉开距离的行为。感到痛苦时，人们会希望通过讲述，让他人分担自己的痛苦。可是痛苦是最难讲述的东西。越是痛苦，越难讲述。原因有好几种。首先，人感到痛苦时，本来不会向他人讲述。人总希望忘却痛苦，讲述则是特意去回忆那种痛苦。其次，痛苦很难得到他人的理解。所以纵使想要讲述，一旦开了口，就会觉得这种话语很难传达，这种轻飘飘的表达很难穷尽心中的痛苦……于是讲述者不得不琢磨一字一句的感觉，不得不以碎片式的、磕磕巴巴的形式讲述。此外，痛苦之为痛苦，是因为找不到解决的方法。不，其实根本不存在答案。为什么不是别人，为什么只有我要承受这样的痛苦……谁又能回答这个问题呢？所以，讲述痛苦的过程必然是磕磕巴巴的，无法用流畅的话语表述。

然而，人们必须倾听。即使话语磕磕巴巴，即使中间夹杂着漫长的沉默，人们也必须倾听。为什么？因为痛苦的人讲述心中苦闷，是在整理苦闷的心情，与之拉开距离。通过讲述，人与苦闷的关系会一点点发生改变。一直耽溺其中，就永远无法讲述。因此要摆脱耽溺的状态，要走完这个过程，就必须讲述自己的苦闷。倾听者总是忍受不了讲述者的缓慢和结巴。一旦忍受不了，就要插嘴。“你想说的，或者说不出口的，是不是这个？”耽溺苦闷之人也会忍不住跳过这个“故事”。因为自己磕磕巴巴的话语旁边，多出了井然有序的概括——“是啊，我想说的就是这个。”

然而，这样无法解决任何问题。讲述，或者说让自己摆脱苦闷的过程，因此被省略掉了。此刻固然有一时的痛快，但那不过是把问题推到了后面。就这样，倾听者剥夺了讲述者主动与苦闷拉开距离的机会。

倾听者必须一直待机，但他们总会等得不耐烦。

无尽的等待

上文说到，所谓“倾听”，其实是等待“他者”的来访，等待无法预测的话语。

“待机”的法语表述为“attendre”，包含了“等待”和“期盼”的意思。说个蹩脚的冷笑话，法语“等我”写作“m'attendez”，日语的罗马音则表述为“matande”（关西方言“我不等你”之意）。“attendre”对应的英语是“attend”，意为出席、同行、陪同、侍奉、照顾、看护、专注等。它的名词形式是“attention”，意为注意、关照，还指代立正的动作。“attend”同时具有“等待”“注意”“关照”的意思，是因为其拉丁语词源“attendere”（朝向～、扩张、伸展）为“tendere”（铺开、交出、对准）与“ad”（朝向～）的复合词。因为是朝向某个事物绷紧心弦的状态（stretch toward），所以能够用作“等待”之意，也能用作“注意”和“关照”之意。

心中有苦口难开。在不确定能被接受的时候，人不会向他人传递话语。因为没有人愿意让苦闷加倍。于是人在讲述苦闷之前，首先会探听倾听者的态度。倾听者必须像棒球捕手一样，无论飞来什么样的球都会无条件接纳，既不反驳也不鼓励。只有确认到那种纯粹倾听的态度，讲述者才会开口。然而，“倾听–讲述”的状态并不会如此缓慢而流畅地成立。它不可小觑。

假设讲述者做出这样的打探——

> 一个男性的声音：“这是生命热线吧，真的什么都会倾听吗？”稍作停顿。“我想死。”他的语

气并不急迫，反倒有种事不关己的冷漠。“活着有什么用，又没工作。有没有不麻烦别人的死法啊？”那人继续道。如果说“你家里人会伤心哦”，对方则回答：“老婆跑了，父母兄弟都没联系了，谁也不会伤心。”……“如果有工作还能分散一点注意力，但是找不到……活了二十八年，已经足够了。如果能毫无痛苦地死去，那样最好。”

或是这样的情景——

昨晚开始下的雨停得突然，令人难免感到怠惰的午后，我接到一个女性的电话：“我讨厌这个世界，想到别的地方去。”我回答：“你一定遇到了很痛苦的事吧，不如说来听听？”对方的回答却是：“要怎么死呢……”我再度询问：“为什么会这样想呢？告诉我好吗？”女性突然换上了尖锐的语气：“问原因干什么，八卦吗？”“一个年轻人想死，我怎么会出于八卦问原因呢。你拨通这个电话，肯定也想说些什么吧？所以我就问了。把话说出来，你也许会轻松一些……”“你怎么知道我年轻？为什么说出来就会轻松？”这话聊不下去了。

（奈良生命热线协会主编《实践：电话心理咨询》）

“生命热线”是两个素未谋面之人的对谈，所以“倾听”难免会以这样的方式开场。那么，如果换成关系亲近的人，就能更流畅地展开吗？其实相反。一个人在想不开的时候,很难摆脱“说了别人也不明白”的成见，因此愈发难以开口。就算倾听者频频点头，人也难以控制内心的抵触，认为“怎么能让你轻易明白”。讲述者越顽固,倾听者也会越抗拒,“虽然明白，但是不想理解”。若双方是家人关系，一方要求“说真心话”，另一方服从之后，一方又会抗拒，让讲述者感叹“早知道不说了……”。

待机。不带希望、预测和确信地等待。在摒弃了“等待”的永无止境的“等待”中,不经意间得到“他人”的造访。这究竟是什么？归根结底，等待终究是对被等待者的无限从属。

待机

“不要动。”

就像中了魔法

保持待机，人们经常接到这样的指示。在重要命令和指示下达之前，或是发生不测之时，或是留下“过后一定会联系你”的约定之后。

“过后会通过电话做出指示，先不要动。”“待会儿给你打电话详细讲，先等一等。”人们在得到这些话语后，不得不经历从焦灼到郁愤的折磨。对此，罗兰·巴特是这样解释的：

> 等待是一种中了魔法的状态。我被施加了不要动的命令。等待一个电话，其实交织着无数没有明言的禁令。我不能离开房间，不能上厕所，

> 甚至不能打电话（以免占线），我还不能接无关的电话（出于同样考虑）。一想到此时可能不得不出门，因此错过等待的电话，错过“母亲”的归来，我就不知所措。所有这些诱因对于等待而言都是丧失的时间，是不纯的苦恼。因为等待的最纯粹的痛苦，是我坐在电话旁的椅子上，什么都不做。
>
> （《恋人絮语》）

这里描写的“等待的最纯粹的痛苦”，在几乎人手一部手机的现代可能已经成为历史。尽管如此，在“想不开”的时候，即使拥有手机，也可能经历同样的痛苦。这段话很好理解，除了“母亲”为何带着引号。

“想不开”的时刻，可以是等待恋人，可以是等待失踪的儿子。这种时候，“等待”不可能是“不要动”的禁令，而且等待者本来就不会有动起来的心力。从意识专注的角度出发，电话旁的待机可能成为令人厌恶的束缚，也可能是绝望之中的祈祷。

待机之所以是“苦恼”，原因当然在于等待，并且只能一味地等待。这一刻，等待与期待是一体的。期待随着等待的时间延长而膨胀。如若期待一直悬停在空中，人就会想尽办法让它落地，若此刻尚未显现出符合期待的征兆，人就会愈发对周围的细微变化做出过度反应。极其微小的征兆也会让期待膨胀起来，一旦发现希望落空，就会瞬间萎蔫。期待萎蔫之后，失望就会膨胀。这种膨胀与萎蔫的更替，会随着时间的流逝变得越来越频繁，使气息越来越慌乱，心跳不断加速。不知不觉间，期待就会严重缩小视野。这就是“想不开”背后的机制。

当“等待”等同于“期待”时，这种机制就会发生作用。所谓“期待”，是“表面显现被动性，实际具有强烈紧绷的内在能动性，确信期待之事马上就会发生,对此持有明确的意向”。但是,霜山德尔在《光脚心理疗法》中提出，“待机”的性质与之截然不同。霜山说:“待机性是一种更游刃有余的内在状态。期待的事情不确定会发生，它只是模糊地存在于遥远的未来。因此人对它的意向并不明确。它并非等待电脑完成打印的等待，而类似于等待四季流转的等待，或者是草木之芽在北国的大雪中静静等待春天，类似于

依赖自然的、对时间的开放性态度。”（霜山德尔著作集 6,《多愁多恨亦悠悠》）

如此游刃有余的“待机性”，真的能在一味的等待中等到那个人吗？也许，霜山不得不阻拦或打压与“待机”相对的“期待”，这样才能达到目的。不许愿，不抱希望，没有预测和确信，一味地不做等待地等待……在摒弃了“等待”的无止境的“等待”中，人真的能够立足吗？我倒是认为，与其梦想那种游刃有余的待机，不如干脆承认等待终究会变成对被等待者的无限从属，从一开始就做好心理准备。

等待的终结

霜山说：“不耐烦，也就是忽略了现在直接冲向未来；焦躁，也就是强行将未来纳入自身。这些都是禁忌。”因为其中欠缺了“与时间推移本身的调和”。可是，到底要用什么才能与时间形成调和？

“时间能解决一切问题”——人们的确会这样说。为此，必须解除在“等待”中等待某些事物的状态。

譬如解除“期待”，也就是解除怀抱希望（哪怕渺茫）的行为；譬如解除“祈祷”，也就是解除只要寄予希望定能唤来结果的祈愿行为……霜山反复警告的“忽略了现在直接冲向未来”和“强行将未来纳入自身”，或许就是这个意思。连究竟在等什么都不明确的“等待”，就是他所说的“待机性”。

当等待的行为推动人们来到等待将不再是等待的界限时，人们会如何理解那个“界限”呢？

首先可以想到，那是再也无法等待的界限，也就是到达等待的极限，是等待终于终结的一刻。那也许是漫长等待终于得到回报的时刻。反过来，那也可能是无法继续重复，**到此为止**的断念。无论是终于走到终点，还是丧失了一切可能性，这个“界限”都是等待者的另一端规定的“界限”。更准确地说，那不是正在等待的**当下**，而是等待总算要终结，在**终点**规定的“界限”。

所谓事物的“终结”，就是在终结之时，那个事物不复存在，因此只能在尚未终结的过程中假想。生命的终结——死亡便是如此。也就是说，等待其实是向等待终结的未来投放的“意向”（莫里斯·梅洛-

庞蒂)。那么,包含了“期待”的“等待”其实受到“终结”的规定。因此，这种“等待”将以终结的形式完成。无论终结的形式是否有意。

这里被称作“待机”的，并不是那种“等待”。霜山在谈论“待机”时，预设了“忽略了现在直接冲向未来”和“强行将未来纳入自身”这两种相反的情况。硬要说的话，那不是从“终结”开始的“等待”，而是主动不令其终结的“等待”,是欠缺目的语的“等待”,说白了就是在“终结终结的场所”(雅克·德里达)方能成立的“等待”。

人们本身并不自知将自己引入“待机”状态的东西，不知道究竟预感了什么，感应了什么征兆。德里达也许会这样说:“等待和待命，都是不知道什么东西将要到来，却任凭其到来。”就算一味保持这种状态，也无法得知“调和”会在什么时候发生，或者人们所说的“时机”什么时候“成熟”。谁又能说这种委身于时间，一味保持被动的行为，是生而为人的“界限”之举呢?

零度的抒情

再次回到霜山的话语。他提醒，与时间的“调和”不会“侥幸”到来。

> 等待并不只是徒劳地等待事情发生。曲折的治疗过程中往往会发生许多事，患者的内心也可能发生变化，使问题自动得到解决。回过头看，我们常常会有这样的印象：不知道为什么事情会以这样的方式得到解决。也许是咨询师的无声干预或无意中的发言在患者心中发酵，也许是家人的态度和环境条件发生了神奇的改变，在某种程度上丰富了生命的意义感，使患者看到光明。
>
> （《多愁多恨亦悠悠》）

这是参与过无数心理治疗现场的专业人士之声。等待并不是治疗者单方面的行动，它是在患者与治疗者时而接近，时而远离，在无心等待的等待时间中，也就是在割离“期待”之后，缓缓描绘出来的轮廓。檀一雄之所谓“天然的纠正”，亦可以此为例。在“曲折的治疗过程”中，可能会无数次触礁，譬如不应该对他说那种话，自己真是太没出息了，产生了巨大的误解，放弃治疗，无数次心生痛恨，突然感到走投无路，在眼眸深处看见了漆黑的深渊，等等。然而，这些触礁的经历随着时间的推移反而会变成信任的基础，也可能在回首过往时激发“原来如此”“当时不明白，现在明白了”的感慨。

霜山认为，治疗者作为“曲折过程”的当事人之一，需要完成的工作是“给予患者自由且放松的时间，同时展示出真切的关怀”。不紧逼也不远离，保持恰当的距离。这样说起来非常容易。然而，正因为它是彼此不同的存在，在历经“曲折”之后总算产生的距离，所以并不具备标准。

那么，这种距离究竟会在什么机缘巧合下体现为应该保持的距离，而非应该消除的距离？它究竟会因为什么变成可塑的“宽松性”，而非“隔阂”？究竟是什么让“等待”这种涉及未来的关系从不安、期待、渴望和挣扎的关系，变成充满了“安静的信任”的关系呢？

等得累了之后，人感到的并非极度衰弱和倦怠，而是胸中不再苦闷的平静的“不抱期待的等待”。霜山将它比喻成舒伯特最后的钢琴奏鸣曲降B大调第二十一号对演奏者要求的“零度的抒情”。这又是为何？

“零度的抒情”让我想到了九鬼周造那句话——“出淤泥而不染方为‘粹’”。谈论“粹”之色时，九鬼举出了灰色、褐色和青色（《“粹”的构造》），三者共通的特征是“低饱和度”，是淡雅、灰暗、沉静。自古以来，茶色都被视作“粹”之色，广受人们喜爱。因为它是“由红化橙，终化作黄，在鲜艳的色调中添加几缕黑，降低饱和度而成”。这种色调的演变“在多情的肯定中隐藏着暗淡的否定”，因此才能生出“心怀谛观的媚态”和“洗练的风情”。降低“等待”的饱和度（即期待），然后继续等待，不做认知地等待。等待之人这样令人痛心又凛然的姿态，似乎正符合九鬼对“粹”的定义。

但是，此处所谓“零度的抒情”并不只是单纯的“抒情”。“等待”的问题并不在于表露心绪，而在于人与人之间发生的接触。

隔离

“我可以期待吗？”

发散心气

人究竟在何时开始等待？一个人究竟在什么时候最终放弃期待，进入一味等待，也就是“待机”的状态？

人开始等待，是因为领悟到仅凭自己无法走出困局，只能祈祷对方的变化。通过等待对方的变化来期冀事态的改变，也就是彼此关系的改变。此时，等待之所以表现为“待机”，是因为等待者持有了伴随着谛观的确信。强调“伴随着谛观”，是因为那种确信并非确信对方的变化。因为当一个人不再期待对方的变化，才会选择等待。那么，确信的是什么呢？

那是确信自己若不发生改变，则关系也不会改变。就算关系的变化是“复合”，是回到以前，等待者也毫不指望**那个**关系会原原本本地回归。正因为明确认识到有的东西真正结束了，人才会选择等待。

选择等待最重要的意义，在于主动隔离希望关系如我所愿的期冀。用一种毫无新意的说法解释，就是压抑期待、放弃期待，然后等待。虽说毫无新意，但这并不是故作逞强地轻言“我会不抱期待地等你”，而是把那种逞强也压抑在心中，甚至无暇为**那一刻**做准备的“待机”。

为此，人要排除关于等待的一切，将心气发散到别处。譬如疏远记忆，丢弃可能唤起回忆的所有物品，回避可能触景生情的一切。极力不去把细小的变化征兆视作预兆，甚至不去发现那种征兆，不去感应任何**若有所指**之物。

> 纯粹的等待。无缘的期待。正如空间在所有点上保持一致，期待也在每个瞬间保持一致，如空间那般施加持续恒定的压力，也就等同于不施加任何压力。孤独的期待。曾经存在于我们内部，如今已转移到外部的期待。缺失了我们的，对我

们的期待。它排除了我们自身的期待，将期待强行施加给我们，却不留下任何期待的对象。

（《最后之人》）

布朗肖用过于透彻的口吻写下了这段话。对于第一次发誓不做期待的等待者来说，这段文字实在太悲壮了。

再次强调。

排除关于等待的一切，将心气发散到别处。譬如疏远记忆，丢弃可能唤起回忆的所有物品，回避可能触景生情的一切。极力不去把细小的变化征兆视作预兆，甚至不去发现那种征兆，不去感应任何若有所指之物。

这些都是“当为”，是等待给予自身的要求。要执行这些要求，人需要更简单的规矩，或者说无限单纯的规矩。放逐记忆之后重新制定生活标准，然后每天不断重复。不做任何质疑，一心一意地重复。用布朗肖的话来说，就是“正如空间在所有点上保持一致，期待也在每个瞬间保持一致，如空间那般施加持续恒定的压力，也就等同于不施加任何压力”。

但是，无论怎么压抑，都不可避免地会渗出冷漠。因此人们需要顽强的意志，像打地鼠游戏一般不断将渗出的东西压抑回去。必须万分警惕，避免一切可能动摇那单纯标准的可能性。

万分警惕地维持无感。这很像禁止产生希望的收容所的体验。需要压抑的东西不仅限于关于那个记忆的一切，凡是有可能使自己脱离那个标准的可能性，都要予以排除。如果不排除，就会形成容许动摇的空隙。因此，必须时刻提高警惕。

等待的“标准”

为了阐明“待机”的意义，这里还要进一步区分它与“期待”的不同。同时，这也是为了进一步明确不抱期待的等待的意义。

关于期待的定义，路德维希·维特根斯坦提示了一个“标准”。期待并不是在他人判断某个人心怀期待时，存在于那个人内部的心理过程。假设如此，就会产生一个问题：如何验证那种特定的内部心理过程的存在。由于期待是对尚不存在的事物的心理流动，要证明它极为困难。

一个人在房间里烦躁不安地来回踱步，一会儿走到门口看看，一会儿竖起耳朵倾听响动，一会儿抬头查看墙上的挂钟。我想，他应该在等待某个人的到来。不久之后，N 出现了。此前一直在重复相同举动的人终于露出放松的表情，并且平静下来。此时我知道了，那个人在等待“N 的到来”……这个设定就像是我躲在另一个房间暗中观察他的行动。这个且放下不论。上文这段描述看起来肯定像是不做任何修饰的叙述。然而，一旦开始思考我为何会那样想，事情就瞬间变得复杂起来了。

首先我确定“N 到来”的条件与判断他在“等待 N 到来”的条件明显有出入。所以我在判断他的“等待”状态时，无法证明他等待的人就是 N。有可能是他在等待 M 时，N 碰巧上门来了。又或许他并不是在等人，只是截稿日将至，正在想方设法寻找灵感。那么接下来人们可能会想，要证明这点，就必须搞清楚他当时所处的心理状态。

如果他直接告诉我“我在等那个人”，真相就会大白。但是进一步质疑，要如何证明他的话是真的，问题又会回到起点。这时只能回到他烦躁不安这一通过观察得到的条件上。维特根斯坦称之为“征兆”。此时，“征兆”不过是伴随“等待”而来的，具有一定规则性的各种现象的集合。我们无法通过这些条件来定义“等待”。

维特根斯坦说，定义“等待”的因素，既不是这些“征兆”，也不是被表述为“等待”的等待之人内部的特定心理状态。如果我们考虑到“等待”的语言表达是明确无误的“等待”行为本身,那么“等待”问题的结构就会立即发生变化。

> 对p产生的期待，是指期待者表示“我在期待p发生”的行为。……
>
> 所谓期待，可以理解为期待并准备的行动。就像球员伸长双手，摆出接球的姿势。这个球员的期待，就是他以某种特定的姿态伸出手，目光专注于球的行为。……
>
> 如果期待是“我在期待p发生”的思考，那么事后我对我所期待的事物产生认知这种说法，是无稽之谈。

(《哲学语法 1》。这里所说的“期待”原文为“Erwartung”，笔者参考的山本信版本翻译为“预想”，为与本书正文保持一致，此处改译为“期待”。)

试着这样考虑：把“我在等他来”的话语表达本身定义为“等待”。维特根斯坦想表达的，就是这个意思。道出“等待”(与该声明一道被归类为“等待”)的种种行为，都属于一定的“生活形式”。譬如烦躁不安、查看日程表、准备接待、在电话中拒绝他人访问、在约定时间前更换衣物、设想如何问候……其中也包括了事先声明“我在等他”。维特根斯坦说：“当我明言‘我一整天都在等他’时，‘在等待’并没有被视作某种持续性的状态。也就是说，正如甜点的面糊由小麦粉、砂糖和鸡蛋混合搅拌而成，包含被等待的人和他的到来这些构成要素，并不能形成持续性的状态。应该说，等待其实是种种行动、思考和感觉的聚合体。”(《哲学语法 1》)

“等待”的其他定义

这里提示了“等待”的标准。其后，就是“我在等 N”这一明言的真伪。人会说谎，也可能把幻想当作了真实。然而，“等待”是上面提到的明言与行动复合的产物。所以维特根斯坦认为，对等待的事后认知极不合理。其语言学意义不过是它的“用法”，这种与“生活形式”相结合的一定的明言与行动的复合物，并非为了验证命题，而是为了定义“等待”。因此，“事后我对我所期待的事物产生认知这种说法，是无稽之谈”。

话虽如此，事后感慨“啊，原来我等待的就是这个……”的情景，我们想必都有所共鸣。或者说，在人生中，这种发现远比“等待”的定义更重要。事后认知自己的期待在定义“等待”时,属于“语法式”的无稽之谈。然而，它并没有排除给“等待”注入新意义的可能性。事后认知自己的等待，这种情况确实不少见。正因为存在着这种形式的自我变容，才会发生开篇所说的关系变容。

即使“等待”的定义不变，自己以等待的形式做出的行动的意义，往往要到事后才被发现。到了事后才意识到“原来这就是等待”，若没有亲身经历这个过程，人的经验就不会“成熟”。这一点非常明确。然而这种时候，人的不安反倒会增加，会疑问：“这真的是我在等待的东西吗？”

但我也认为，对等待之人来说，不明确自己所等待的东西，这种情况应该不可能存在。事实上，正是自己焦急等待的东西过于明确，不让自己等待这个特定的东西，才是决心不做期待的等待之人不可改变的规则。尽管如此，我们的问题却一直在倾向“不做期待的等待”有什么意义。如此一来，我们对“等待”的求索，就不在于它的意义，而是在于发生在“等待”的边缘、无法尽数包含在“等待～”之中的“等待”的行为。

维特根斯坦从“语法”的角度指出，不应该把“等待”的意义还原到等待之人的心理过程中。就像身体遭受重击，其影响会在之后渐渐彰显。它隐晦地指出了在一味的等待中，等待之人自身参与其中却不自知的某种事情或某种东西的到来。唯有熬过这一切，我们才能最终到达“等待”的其他定义。

胶着

“现在只剩等待，只能等待。”

自陷囹圄

当我们说“不做期待的等待”时，是否知晓自己在等待什么？或者反过来说，是否并不真的知晓自己在等待什么？

精神科医生春日武彦说：“大多数援助人员似乎对他们的援助效果心中有数。”他举了患有精神分裂症的中年女儿与患有痴呆症的父亲相依为命，接受生活照护的案例：

> 从理论上说，应该分开这对父女。但是按照理论立即执行却非常困难。无论用什么方式提出来，都不可能不引发痛苦。若使用强硬手段，女

> 儿恐怕会失控，又会涉及人权问题，使问题变得很麻烦。而且女儿目前的精神状态并没有严重到需要强制送医。不管援助人员采取多么支持和理解的态度，女儿都不会轻易敞开心扉，听从劝告。如果有那个可能，我们早已分开这对父女。
>
> 因此结论就是，按照过去的类似案例，要么等到女儿的精神状态恶化，被强制送医，要么等到父亲的身体状态恶化，不得不叫救护车（或者灵车），除此之外别无可能。换言之，这个案例无法通过积极干涉（立即）得到解决。
>
> 如此一来，只能等待机会自然到来。
>
> （春日武彦《从零开始的精神科》）

现在只剩等待，只能等待，等待檀一雄所说的“天然的纠正”……这段话所体现的，也许只是旁观者对“解释”的性急甚至傲慢的欲望。站在“援助”现场的人意识到“只能等待”时，也许会感到无声的责问：这难道不是逃避责任吗？难道不是单纯的“弃置”吗？当然，虽说“只能等待”，援助者也并非无为。他们也许会持续“对女儿怀柔”，也会持续“监控父亲的身体状态”。甚至可能某一天，父亲跌倒骨折，从此卧床不起，或者女儿“承认精神状态异常，从而得到让她服用精神病药物的机会”。可能哪天突然出现一个亲戚，局面就此发生改变。奋斗在一线的人都明白，关键在于“绝不放过那样的机会”。

春日继续说：

> 这个案例的问题本质，并不是“说服患有精神病的女儿的诀窍”，也不是出人意表的解决方法。现在虽然处于胶着状态，而且这种状态“并不理想”，但“并不理想”的程度还不算深，因此很遗憾，我们暂时无法出手，只能等待事态自然发展。
>
> 一般来说，援助案例分为两大类。一类是必须尽快干涉，避免不幸的结局；另一类则是不等到不幸发生就无法出手。无论从感情还是责任的角度来看，我们都会倾向于前一种思考，但现实并没有那么简单。这个案例就属于后者。

“‘并不理想’的程度还不算深”可谓十分现实

的表达。等待对方陷入绝境，等待他自陷囹圄——等到类似于酒精成瘾症状的“触底体验”等级。如果对方不感到为难，事态就僵持不动。其实这种案例并不算少，而春日认为，此时最重要的就是“如何耐心等待事态产生变化”。援助方往往会希望患者哪怕不是言听计从，也能有一定的服从性，可以被轻松控制。这也证实了援助者本身缺乏自信，提示了援助者的各种不安和焦虑，被援助者自然会从中感到“压迫和失信”。春日又说，一旦援助方横下心来进入等待状态，那种下陷的空隙到了患者眼中反而是“积极的形式”。

在旁人看来，有时好像置之不理、漠不关心，有时好像粗心大意、不够真诚。可是，如果从正面介入事态，只会导致“妄想与正论的冲突”，陷入紧张的胶着状态。这时故意不去触碰事情的本质，一边模糊焦点，一边用“适当的谎言和糊弄”加以躲避，也许就能支撑过去。这是援助者通过长期的经验总结出来的方法。按照春日的说法，“保持对话的同时故意不触及本质”才是援助的诀窍。此时，“迟钝的善意和欠缺余裕的专注反倒有害”。

抗争的过程

我们过后再来思考"'并不理想'的程度还不算深"究竟意味着什么，以上皆是援助者"等待"的问题。这里的"等待"，其表现形式为"退却"，也就是先避开重点，暂时保持沉默、保持低调、放低姿态。

那么，对于身在旋涡中的人来说，"等待"又是什么模样？跳出援助的工作之外，处在亲子、夫妻、恋人、朋友这种无法退却的关系时，又会如何？暂时退却的行为本身不可避免地成了另一种强烈的态度表示，最终会招致"你好狡猾""你要逃避吗"这样的攻击。如果处在这种进退两难的关系中，该如何是好？

不管是离别还是背叛，甚至是撕裂的形式，突然丧失"爱的对象"都会令人崩溃。无论怎么鼓足力气重新振作，都会被它击垮，最终失去挣扎的气力，俯伏沉沦到最底部。此时人应该如何抬眼向上看？要么，干脆闭起眼来？

这里列举一段证词：

我不再像从前那样，心中不断产生“为什么”的疑问。真正的秘密在于，我不再思考自己的悲伤，而是一心思考孩子的事情。……只要我以自己为中心展开思考和行动，人生对我而言就是难以忍受的东西。在我终于能够把中心稍微移开时，纵使悲伤难耐，我也意识到它开始有了承受和忍耐的可能性。

（赛珍珠《永远长不大的孩子》）

勉强连接着冲击与这些话语的时间之流何等沉重，这只有靠我们自身的体验来推测。懂的人应该一看就懂。总之，“把中心稍微移开”成了重中之重。这要看一个人能否从“我的人生属于我”的桎梏中跳脱出来。

保罗·利科认为，真正“理解”一个事物，并非将其同质化（appropriation= 拥有，也就是据为己有），而必定伴随着“贪婪而自恋的自我放弃”，也就是剥夺所有权（déappropriation）。人在理解了不熟悉的事物时，相当于移动自己的轴心，进入了理解自己的新境地。我曾经热衷于引用这些文章，但是在这个脉络下无法再次引用。因为这里的议论被定位在初次体验和理解这两个事件上，跳过了中间的抗争过程。我们更想知道的，其实是那个抗争过程，以及熬过抗争之后的时间的样态。换言之，就是想知道面对不如意的、只能被动接受的事物时，人在完全接受之前的悲哀而执拗的抵抗的形式。“只能等待”也许是人在经过漫长的抗争之后，最终不得已说出的话。

名为“应对”的抗争策略

有个词叫作“应对”（coping）。这是临床心理学经常用到的概念，意思是人在面对令自己动摇，或是持续制造疼痛的事情时，一开始会进行抗争，然后在抗争中总结出虽然是虚构，但是对自己而言勉强符合逻辑的对抗战略，以此来应付问题。

长年从事自闭症和痴呆症患者看护的小泽勋在近期著作《什么是痴呆症》中写道：“痴呆症的各种症状和行动，都可以解释为‘应对’的结果。”

譬如弄便（玩弄排泄物）。小泽认为这可以解释为应对失败的行为。

“屁股上好像夹了东西，真不舒服。不如摸摸看吧。软绵绵的东西，这是什么啊？不过，只要弄掉就好了。手上沾了东西呢。用被子蹭掉，嗯，弄干净了。屁股也舒服了不少。欸？儿媳妇跑进来了，脸色真不好看。她生气了。在气什么呢？我好像干了坏事。我干了什么呀……”

越是想自己解决不适问题的人，越容易产生周边症状，其中以妄想、徘徊等阳性症状居多。一旦失去了自己做点什么的意图，阳性症状就会潜伏。在这个意义上，阳性症状可以说是痴呆症患者的能量体现。

又比如收集癖。一开始是把附近的盆栽或自行车搬回家中，若是住在疗养院，则是把吃剩的食物收进衣箱，或是收集砂石、垃圾，甚至其他居住者的衣服、厕所的毛巾等。还有被盗妄想、从记忆中抹除家人的言行、认错人，以及编故事。“外面有一条小河，我去河边洗衣服，结果弄湿了。上了年纪真不方便啊。”——这是尿裤子时的辩解。想必这是患者面对“感到很难处理的事态时绞尽脑汁”得出的“成果”。

还有这样的例子。在一所看护院中，一位老人不断翻动衣箱里的东西，口中念叨："不见了，怎么不见了，到哪儿去了？"别人问他："不见了什么东西？"老人回答："那个，就是那个。"别人再问："我们一起找吧。那个是什么？"老人怒道："我要是知道就好了！"

> 他一开始肯定在找某样东西，但是中途忘记了。一旦停止寻找的行为，等同于承认自己是个健忘的人。无法接受。太丢人了。如此一来，他就只能不断寻找。"这不是没用吗……为何不放弃？"能说出这种话的人，都是自我统一性不可动摇的人。就这样，他重复着永远得不到解决的行动，陷入了死循环，变得越来越焦躁。

老人带刺的言行，背后其实隐藏着给周围添麻烦的不安甚至胆怯。强烈的否认只是编造合理的故事，极力维持单一世界这种无奈之举的反面。

退却

“说到底，这是你自己的人生。”

恶性循环

痴呆症的症状分为核心症状和周边症状。

核心症状是医学视角记述的障碍，其中最核心的无疑是记忆障碍（健忘）。除此之外，还有认错人、认错场景（认知障碍）；想不起名词、词汇量减少、只会说“那个”“这个”，甚至能看懂文字却理解不了意思的“失语”；没有感觉障碍却无法认知熟悉事物的“失认”（知道这是叉子但不会使用、找不到自己的房间）；没有身体麻木等运动障碍却无法组合动作完成特定行为的“失行”（穿反衣服，想把裙子穿在上半身……），等等。

周边症状是在生活中发生的，或是造成的症状，也就是与周围格格不入的行动。上文已经提到的弄便、病态收集、被盗妄想、嫉妒妄想、编故事都属于此类。这些一般被称为“问题行动”，然而“问题”并非是对本人而言，而是对周围的人而言。患者的行动渐渐偏离了其他人的期待，导致既存的秩序发生混乱，周围的人自然会感到为难，认为那是“问题行动”，所以才这样称呼。他们的困惑会让患者本人感到为难、不安和烦躁，所以才不得不采取“应对”的策略。这些周边症状是因为患者无法继续保持以往的“自我”,走投无路之后的挣扎产物。为了让自己是“自己”，就必须让一切变得合理，因此根据**自己的逻辑**做出行动，也可以算是一种对抗策略。

> 人有时会遇到按照以往的生活方式或是应对策略无法应对的事情，从而陷入危机。若危机过于巨大，人就不得不改变自己的生活方式。也许我们都曾遇到过不止一次这样的事态，而那些事态，最后都成了人生的转折点。
>
> 但是对老年人，尤其对患有痴呆症的人来说，他们往往丧失了改变生活方式以应对事态的灵活

性。甚至可以说，已经丧失了应对能力，不得不完全依赖以往的生活方式。

所以他们的应对行动会徒劳无功，从而产生不安和困惑，反倒让事态变得更复杂。这又会加剧他们的混乱。

（小泽勋《什么是痴呆症》）

因为这种焦虑，患者会频繁做出别人无法理解的行动，那些行动全都“徒劳无功”，导致事态越来越严重，最终每一天都陷入徒劳的重复。“应对”其实具有一定的逻辑。“我忘了那件重要的东西放在哪里，如果自己对此无法负责，只能当作‘被盗’。”这是面对无法处理的事态时，为了维持“自我”而编造的、勉强成立的逻辑。当然，这个逻辑与周围的逻辑并不一致。如此一来，连痴呆症的核心症状和周边症状都变得难以区分。

记忆障碍是讳莫如深的事态，患者渐渐意识到这件事给别人制造了麻烦，心中不断积累强烈的不安和恐惧，最后很可能选择不去认知。

因此被人指出时，即使采取否认的态度也并不奇怪。

随着痴呆症程度的加深，患者病态失认的态度会逐渐发展成器质性症状与心理应对反应相混淆的状态。此时，二者已经无从区分。

这里就产生了“维持自我统一性的行动反过来威胁到自我统一性的恶性循环”。人要如何摆脱这个循环？难道说，只能尽量放缓这个循环，把他们的“自我统一性的崩坏控制在最低限度”？

逃避之路

处在这个循环中的人不存在“等待”的态势。莫说等待，他们甚至坐立难安，或是像被什么东西驱赶，一味做着抵抗。换言之，就是永不停歇地冲刺。

在反复的“徒劳冲刺”过程中，周围的人或者援助者只能等待。等待什么？

春日武彦说“‘并不理想’的程度还不算深”时，

他们不能出手。那种时候就算出手了也不能解决问题，因此只能等待患者再也无法维持自我。没错，要等到无论怎么挣扎“都找不到防守之策，再也无法隐瞒自己的失败”（小泽勋《与痴呆共存》）为止。那么，援助者在等什么？也许在等被援助者再也无法独自支撑，到达走投无路的境地。在这个意义上，只能等待事情自然发展。

针对看护领域而非治疗领域的“等待”，小泽这样说：“预想到他们进退两难的事态，为了稍微转移注意力，要让他们停止没有结果、只能不断积累焦躁的单方面行动。这种逃避方法虽然短暂，但很有实效。”处在春日所说的“‘并不理想’的程度还不算深”的状态下，援助者并不是毫无作为地等待，而是在等待的同时做出最低限度的援助。在援助领域，等待也许只能以制造“逃避之路”的形式体现出来。

所谓“逃避之路”，就是让患者暂时停止为了维持自我而威胁自我的恶性循环。这时要注意回避对方的言行，或是把注意力转移到别的事物上，说白了就是暂时回避问题。可以不去触碰解决不了的问题，避开对方发出的话语。

在看护领域，似乎有人称之为“假装式看护”。不动声色地回避、暗中辅助、为照顾情绪顾左右而言他、糊弄过去，这些都是让患者暂时“脱离”恶性循环的手段。当患者通过周围的情况意识到自己正在陷入“痴呆”时，心中产生的不安、焦躁和痛苦，以及与之对抗的强烈否认就会开启这个恶性循环。若对方处在这种“面子”不断遭到威胁的状态，是应该注意不去伤害那个人的自尊心，小心保护对方的“面子”，缓和对方心中的不安（对本人坦白“痴呆”的事实，无异于“往伤口上撒盐”）？还是应该反过来成为让人安心的倾听者，令陷入“痴呆”的人能够毫无保留地吐露心中的不安情绪，让那个人渐渐接受自己“痴呆”的事实，并在那个过程中为其提供软着陆式的看护？我很难做出判断。（参照出口泰靖《在称他们为“痴呆老人”之前》，《现代思想》二〇〇二年六月号）

但是，“回避”和“糊弄”的行为一旦出错，就成了编造谎言蒙混过关的“应付”和“瞒骗”。虽说是“逃避之路”，但那绝不是逃避和隐瞒。罹患痴呆症的人在多任务并行时会感到困难。当自己陷入某种循环时，另一件事的加入能够暂时停止循环，或是将其改变方向。然而本人很难完成这个举动，只能任凭自己深深陷入“恶性循环”。这时，旁人帮忙插入别的脉络，或是把焦灼的场面换成别的场面，这种假装式看护可谓有效的方法。然而，一直跟进患者永无止境的自我重复，或是从旁辅助，对援助者来说是一件十分疲劳的事情。在这个意义上，的确存在援助者通过“应付”的方式让自己的感觉钝化，否则无法支撑的侧面。

然而，不能将此视作援助者的态度问题。只需联想到看护机构就会明白，看护绝不是一对一的对应。即使一名被看护者与看护者的关系闹僵了，或是进退两难，人也要吃饭，还要上厕所，而且别的被看护者随时可能路过，别的看护者也随时可以介入。没有被当事者纳入计算的意外，也许能转移事态。姑且可以称之为“场力”。看护既是主体性行为，也是现场的活动。

等待自然的发展，并且要等待“并不理想”的程度发展到极致。在那个过程中，不去接触决定性的事物,用“回避”和“躲闪”糊弄过去。在看护领域，这确实是一种“等待”的形式。小泽说:“能够产生‘东西不见了急也没用’的想法，从而放弃寻找意义的人都不会产生妄想。”用更直白的话说，援助者必须等到被援助者一切强加逻辑的故事都不再成立的那一刻。

舍却

为什么呢?因为若不产生“我的人生不仅属于我”的舍却式观念，看护就无从结束。也许不仅是被看护的人，连看护者也适用。等待一个对象时，那个对象会让“等待”变得无比焦虑。佐佐木小次郎的例子证实，那会让等待者崩溃。假设如此，为了让被援助者舍却对自我的管理，援助者自己也有必要以某种方式舍却援助现场中“援助他人之人”的自我认知。这里所说的舍却，并非辞去援助的工作，因此也不是单纯弃置被援助者。

那么，究竟要舍却什么?援助者需要舍却的是“我为你”这种意识。如果一直站在这个角度，同时援助的现场陷入胶着，等待者必然会产生“我不光是为你服务”的焦躁。所以，暂且躲避过去，先不要明言，保持沉默，任凭其发展，也就是展开上文提到的“退却”式的“等待”。

“说到底，这是你自己的人生。”……

需要说明的是，几乎所有的“等待”都从这里开始。断念，只有在做到这一点后，“等待”才会开始。这么一来，在“‘并不理想’的程度还不算深”时按兵不动，就是一句很残酷的话。因为这里的“等待”并非要等待断念的时刻，等待自己承认对方已经无法穿透的时刻的“等待～”，而是对上文提到的“退却”都产生了断念之后，才真正开始的“等待”。

等待通常有期待支撑。当那种等待破碎之后，若是还能以别的方式继续等待，或是不抱期待、放弃了一切期待依旧能劝说自己等待，那么，这种等待的力量究竟从何而来？

围绕等待的问题，这两章把焦点放在了痴呆症上，因为那里存在着“时间”的丧失。患者无法回忆起自己对未来或过去的纠葛，也就是对尚不存在之物的希望和祈祷，或是无法回忆起对已不存在之物的悔恨或怀念。在那个领域,人们无法展开超越时间的“等待”。不管是一刻都等不下去的焦虑，还是对未来丧失关心，“等待”的不可能性都深深侵蚀了那个领域。

放弃

“年纪越大，记忆就越像一幅画。”

让“时间”变为不可能的时间形态

谈到“时间”的丧失，我想起一句话。

“年纪越大，记忆就越像一幅画。”

这是鹤见俊辅翻译的英国作家爱德华·摩根·福斯特晚年的话语。我在关于衰老的旧著《老年的空白》（弘文堂）中，就以这句话结尾。

中井久夫也阐释过这句话：

> 对二十岁的青年来说，十年之差等于半段人生。可是对六十岁的人来说，二十岁的记忆和三十岁的记忆与其后活过的人生相比，不过是四对三。若是到了八十九岁，二者的距离就几乎一

样了。换言之，记忆装置渐渐从纵向排列变成了横向排列。随着年龄的增长，人生从年代记法逐渐转化为透视法，最后成了一幅画。

（《发达的记忆论——思考外伤性记忆的定位》，《治疗之声》第二辑第七号）

“时间”的丧失，或者应该说“时间”的消失，就是所有时间变成了一幅画，不再具备纵深，而是成了处在同一平面的事态。有时一段时间看似跳跃到了别的时间，或是融入别的时间，但实际上这只能视为时间的混乱，而不是“时间”在流动。“时间”并没有体现为从不在的过去通往现在，或是从现在通往不在的未来，它并没有体现为维系不在与现在的持续性现象。

所以，“等待”也从中消失了。只要“等待”还是“等待某种东西”，它就必须是超越现在的现象。因为它专注的是不存在于现在的“某种东西”，当中必须包含超越现在，通向不在的未来的契机。跳脱现在，而且是从“时间”的连续性之中跳脱出去——当我们“等待某种东西”时，就会发生这种现象。

如上文所述，期待和祈祷是跳脱现在，关注不在的未来；不甘和追忆是跳脱现在，关注不在的过去。既存在一刻也不能再等的焦急的“等待”现象，也存在对其他可能的事态丧失关心的“等待”现象。但是在老年阶段出现的“时间”的消失，或者说在前一个阶段的“时间”的混乱中，“时间”的秩序，也就是现在与不在，乃至过去、现在、未来的时间之“流”本身不再成立。所以，“等待某种东西”的“等待”形式在那里瓦解了。就像尚未完全进入“时间”的秩序中的孩子无法等待，最终开始闹别扭。同样的情况也会发生在这个阶段。

在老年看护领域，看护者不得不涉足无法划分现在之内与外的地方，也就是让“时间”变为不可能的时间形态中。但无论是将看护当作业务，还是当作家庭生活的一环，看护者都被迫以“业务”或“生活”之名，时刻安排时间，以至于无法立足在“时间”之外，只能驻足在“时间”的此岸，无法接触到“时间”的彼岸。

假设有什么东西勉强连接着两岸，那会是什么呢？“等待”的不可能与“等待某种东西”之间的……

也就是说，等待的准备。如此一来，等待的意义只有在不断重复“等待某种东西”的人被暴露在等待已成为不可能的生活中时方能被追问。之所以进一步深入倾听看护现场的声音，就是因为这样的情况。

假装式看护

在高龄者看护，也就是“痴呆”看护的现场，逃避被看护者的“问题行动”，或是在不伤害其情绪的前提下转移被看护者的发言和行动，将其糊弄过去。上文已经介绍过这种称作“假装式看护”的暂时性应对方法。在看护现场，的确可以将其视作等待事态发展到真正“不理想”状态的一种形式。

“假装式看护”是“痴呆”看护的一种无可奈何的方式，目前很多看护者都在使用。但是，看护论者对它的评价却不怎么高。强迫逐渐陷入“痴呆”的老年人直面“痴呆”的事实，确实过于残忍；但是为了缓和老人的不安而一味地“假装”，那只是在回避问题，隐瞒了他们必须直面的事态，相当于剥夺了陷入“痴呆”之人逐渐接受“痴呆”事实的过程，通过人为干涉让他们变成了“患者”。理论研究者在批判这种方法的同时，还提出了另一种方法——“自我披露式看护”，即帮助本人如实接受“痴呆”，“郑重”地照顾他们的“面子”，从旁提供辅助，让本人实现平稳过渡。他们认为这才是真正的看护。而要让本人坦率地说出自己面对痴呆的心情，这需要当事者与看护者的共同努力。

然而，也有人强烈批判这种方法，认为“自我披露式看护”才是强行控制了老人接受“痴呆”过程的蛮横手段。他们认为这个提案“反映了看护者过剩的思考”。西川胜说：“痴呆看护中最重要的既不是让对方直视问题，也不是解决问题，而应该是帮助对方穿过痴呆被视作问题的思维领域。”西川在这里大声表达的重点是：“痴呆”看护中的重点不是解决问题，而是转移甚至抹消问题。这种时候，不经意间发生的“偶然看护”具有重大的意义。

西川想说的并不是什么很特殊的理论。他认为相比“假装式看护”，“打补丁式看护”才是真正的常态。只有通过打补丁这种甚至谈不上看护的细小行动的“缝补”，现实性的看护才得以成立。

下面引用一段西川的话语，内容略长。

因为痴呆而住进看护院的人突然冲过来说：“让我回去。”……我不会试图说服她。因为我知道，她不会满足于我一个人的回答。可是我的工作已经结束，不必插手夜班的工作，因此我能够对她微微一笑。她当然不可能用笑容回复我。夜班工作人员过来喊她吃饭，她也充耳不闻。没办法，我只好给她找个地方坐。这时，来探望其他老人的家属打了声招呼：“一起坐吧？”没有穿制服的普通人主动搭话，她显得不那么紧张了。我牵着她的手，带她过去坐下。别的老人看到这个情景，都调侃道：“跟年轻人手拉手真好啊。”于是她加快脚步跟上我，很干脆地坐到靠窗的座位上，看着夕阳中的小镇，轻叹一声：“这是哪里呀？天都这么黑了，怎么办呢……”这时，晚餐送到她旁边的座位上，刚才主动搭话的一家人开始用汤匙辅助老人进食。她收回目光，注视着旁边这家人的模样，不久之后工作人员也给她送来了晚餐。她道了声谢，但是没有伸手拿筷子。她的表情从急迫变成了迷茫。我对她说："我帮你拿酱油来吧？"她看着我，摇了摇头，已经十分平静。我又说："不用吗？那你慢慢吃。"等我站起来时，她已经拿起了筷子。

这个场景中，没有人提供专门的看护。我和夜班工作人员、来访的家属、其他老人，各种各样的人向她投放了话语的碎片。食堂充满了晚饭的香味，旁边座位的汤匙反射着微弱的光芒，舒服的椅子让双腿渐渐放松……数不胜数的碎片式看护在她周围渐渐堆积起来，这才导向了那个结果。没有绝妙的演技和劝说，平静得就像是染上了"黄昏"的暖色。打补丁式看护不会把对象包裹在沉重的关怀中。细小的看护拼贴成了超越各自意图的风景。重视这种风景的看护，才是不以理解和控制去玩弄对方的看护。

（西川胜《看护的弹性》，收录于文部科学省科学研究费扶助金基盘研究 C-1 报告书《看护的临床哲学性研究》）

一系列细小而随意的举动，在不经意间化作宠

爱般的关怀。不试图一个人去包容对方，不独自直面对方，甚至难以分辨看护者与被看护者，思考与意图截然不同的人们在擦肩而过时偶然发生的看护。在这里，"'并不理想'的程度还不算深"，或者"若不自己想通，就无法走向下一步"，只能一味等待事态爆发的姿态都被排除在外了。

交给偶然

西川虽然高喊放弃"一味等待"，但他依旧要等待。不是决心什么都不做，而是一有机会就做点什么，但是并不执着于行为的结果，而是把每天为了"生活"的行动一半当作试炼，一半维持惰性。不做等待地等待成为让问题消失或线索出现的契机……这似乎与另一种行为有些相似。

没错，就是陶匠的"等待"。

有个词叫作"窑变"。陶匠在打造好形状的陶土上涂抹釉药，推入窑中等待烧制完成。最后会变成什么颜色、形状会如何扭曲，这些都在制作者的意图范围之外。陶匠只能不断揉搓泥土、不断烧制，直到得到自己想要的东西。也许更多的作品只能打破扔掉。此时，创作的意识反而会形成阻碍。只要走不出“有为”的困境，器具就永远不能成型。为此，陶匠揉搓泥土时，会让自己进入“无为”的境地。反反复复、不知疲倦地揉搓泥土，然后烧制。委身于偶然，等待“一个创作者无法期待的曲折”（和辻哲郎）出现，就像为了打破自己的“有为”而在重复单调的动作。

西川所说的“偶然的看护”并非来自个人的能力。因为委身于偶然，旁人看来甚至像是放弃看护。事实上，在西川所在的利用和式空置房屋改造的集体看护院中，有好几个老人把那里当作邻居家自由出入，看起来只是在里面喝茶聊天，有时睡上一觉。工作人员都不穿制服，而是各自穿着普通便服。但是，那里正在静静发生着与官方护理机构截然不同的事情。老年来访者道一声“打扰”，开门进来。工作人员理所当然地走到玄关迎接。来访者脱鞋、摆好，安静地走进屋里。他们不会呆呆站着，因为站着不动本身就不礼貌，所以每个人都跪坐下来互相问候，礼让坐垫，彼此客套一番，喝工作人员端上来的茶。西川期待看护“领域”生成一种力量，催生这种唯有在非抽象的空间才会发生的事情。只要到那里去，每个人都能在不知不觉间完成一定程度的看护。他就在期待那种场所的出现。

西川苦涩地面对着护士型看护已经占据主流的事实，这样写道：

> 每当我作为护士拿着血压计走进房间，很多人就会改成正襟危坐的形式，我也不由自主地变得死板认真起来。尽管物理环境没有丝毫改变，但只要有一个人惴惴不安，气氛就会凝固，变得异常尴尬。为了不让一个人的变化波及周围，工作人员会假装漫不经心地展开桌上的报纸，把夹在里面的广告传单交给旁边的人。从超市广告传单上的照片谈到喜欢的食物，现场的空气开始平稳缓慢地流动。在这里，气氛发生改变的原因无法归结到某个个体的行为上。在场的每一个人互相交换着“维持现场的细小行为的累积”，使得现场缓缓发生变化。看护“现场”的根基之处，就是应该称之为“细心交往”的共享的过程。
>
> （《看护的弹性》）

愿望

“没有融入祈愿的处方不会生效。”

祈祷

“维持现场的细小行为的累积”，在不断重复普通而琐碎的行为时，不知不觉就形成了看护……这种变化的发生无法归结到在场的某个特定人物上，而是像窑变一样，不知从何而起。

那当然不是偶然或侥幸。如果依赖偶然，莫说窑变，事态基本上会陷入严重的纠葛状态，现场也会完全崩溃。尽管看护人员已经见过太多那样的事例，但还是不让自己主动去做特别的事情，同时也不将看护对象弃置一旁，而是陪在对方身边，或是远远注视。西川所说的“细心交往”中，究竟包含了什么呢？

如果认为“细心交往”包含了“祈愿”，那就太单纯了。这是不言而喻的事实。“祈愿”也是“愿望”的一种形式,因此属于“等待～”的积极样态。然而，难道就不存在既不是向某个人祈愿，也不是祈愿什么东西的到来，甚至不确定究竟在祈愿什么的“祈愿”吗？西川所说的“维持现场”，似乎就有这种感觉。

不如参照一下与“祈愿”相关的、最为极端的看法吧。说到这里，我想起了阿兰对“礼拜”这种仪式的记述。

> 我并不认为礼拜的目的或效果是提高精神上的神秘力量。不仅如此，礼拜的原则是规训各种冲动，镇静热情和感动。祈愿的态度，正是绝不允许强烈冲动的态度。人们需要充分镇静肺部，同时平静心脏，方能达到那种态度。祈祷的公式究其根本，就是高度关注祈祷的文字，防止心神涣散。教会面对极为细小的变化也会异常恐惧，其实只要知道了原因，就明白这丝毫不值得惊讶。教会凭借长年的经验，可以毫不迟疑地念诵祈祷。换言之，他们的话语模式只有一个，以此换得灵

魂的安宁。手持念珠的习惯也是为了动口的同时让手也不闲下来……

（《关于精神与热情的八十一章》）

礼拜是通过“机械式的”反复，“巧妙地引导人们放开一切思考”。因为它能将人们吸引到“机械式的”反复中。阿兰还讽刺道：“实践引导人们走向信仰。有的人尝试了，但是效果不佳，要我说，是他的方法不对。也就是说，他没有单纯地实践，而是一心想着要去信仰。从这里可以领会到基督教谦逊的意义。简而言之，其中真理就是：我们演绎的种种内部悲剧，就像野兽的种种冲动那样，不过是欠缺了思想的机制。”

感觉僵化

上文说到“窑变”，是将作为化作无为。揉搓泥土，反复烧制。不厌其烦地重复同一个动作，以封闭多余的目的和期待。宛如化身自动机器。

自动机器的内部不具备“时间”，只有时钟（同为机器）测量的时间经过其中。那个时间中并不包含测量“时间”的行动。测量者抹杀了时间之外的自己，完全融入时钟测量的时间本身，这就是礼拜的目的。

假设“等待～”的精神样态要在“时间”的流动中跳脱现在的范畴方能成立，那么不做等待的“等待”，恐怕要在“时间”的范畴之外（而非现在的范畴之外）进行。上文提到，对尚不存在之物的希望和祈愿，或是对已不存在之物的不甘和怀念——让这些成为不可能，甚至在“时间”丧失的状态下，不做等待的“等待”才能成立。这也是基于同样的意义。这里的“时间”丧失并非“时间”的超越。它没有如此壮烈，既没有曲折也没有厚度，更不存在强弱，只是将自己强行封印在机械一样的时间之中。

进一步说，将自己强行封印在机械一样的时间之中，这种行为虽然在模仿机械一样的时间，但其本质绝不是机械式的时间。压抑着期待与失望的精神起伏，让精神处在宛如机械的无欲心境（apatheia）状态，唯有在这种紧张的状态下，它才能勉强成立。

不做期待地等待，不让内心动摇。“去除一切欢欣，令所有能动性陷入麻木。”（加布里埃尔·马塞尔）这种足以媲美古代斯多葛学派无欲心境的感觉僵化，就是加诸自身的第一条规矩。说白了，就是一种执拗的劝说。劝说、抗拒、再劝说、动摇、继续劝说……在永无止境的重复中，它终于看似向着另一种“自然”发生相变。此时终于隐约呈现出了不做期待之“等待”的可能性。

正因为无数次意识到自己无法处理自己的心境，才会主动走向无欲心境，不让任何事物扰乱内心，不为任何事物动摇，让自己陷入麻木。这是对无计可施的自己最后的处置。曾经我对那个想要等待什么的人说：“说到底，这是你自己的人生……”而此时此刻，我也能对自己说：“我自己也不能拿自己怎么办。”

目光所及之处无人呼唤，只有一味麻痹自己才能活下去，即使如此，我也要不断劝说自己，我可以留在这里。哪怕看似无人呼唤，我依旧要寄希望于那股迷雾，认定迷雾中有人在对我说：“你的存在具有意义。”在这一刻，“等待”之人就被引导到了与“信仰”只有一墙之隔的地方。“上帝一定在关注着我……”隔绝动摇我的东西，譬如收起演奏旋律的装置、不去触碰故事、远离万种芬芳。像抄经那样，把自己的全部存在寄托在抄写之上。这就是与阿兰提到的“礼拜原则”如出一辙的做法，杜绝肉体以及心灵的“涣散”。

始终没有方向

等待首先有希望的支撑。在希望破碎之后，人为何依旧能以别的形式继续等待呢？在丧失了希望，放弃了一切希望的征兆后，人为何能劝说自己继续等待呢？早已放弃任何事物的到来，不做等待地一味等待，在思考这种行为的走向之时，我还是要使用“祈愿”这个词。

前文已经多次引用过中井久夫的话语，他为题为《没有融入“祈愿”的处方不会生效（？）》的散文添加了这样的注解：

> 这篇文章的基础，是《美国免疫学指南》中收录的“从兔子身上得到有效免疫抗体的方法”之一，即《请兔子制造有效抗体》的文章。它看起来像是美国特色的冷笑话，但我朋友也曾说过，

用猴子做实验时，一边注射一边摸着它的头默念“对不起”，猴子的反应与不摸头的时候截然不同。于是我很认真地想：开处方时心中默念“希望起作用，希望没有副作用”，这种心情也许会传达给对方，甚至影响到药效。至少我相信，身心的“赞成”会影响到药物的效果。

（中井久夫《时间的水滴》）

这么说来，我曾经也接触过与“硕学”极其相似的话语。

生物学家冈田节人在随想集《学问的周边》中回忆自己的修学经历时提到：细胞也分色泽好坏，若不会分辨，就得不到研究之“运”的关照。于是他废寝忘食地盯着试管，仔细打量每一颗细胞，终于掌握了分辨色泽的眼力。那一刻，他开始“爱它们视若己出”。一旦发现细胞色泽不对，就会担心它们是不是感冒生病了。

还有人类学家岩田庆治。他讲述了自己曾经目睹的场景——想吃螃蟹的澳大利亚原住民走到河边的石头旁蹲下，深情地发出“噗噜噗噜噜噜”的呼唤，螃蟹竟然“浑身散发着爱意，从石头底下爬了出来”。他对着比自己小了两轮有余的研究人员淡然断言道：“有些东西不怀着爱意也许真的看不见。”

“祈愿”，还有“爱”。这两个大量出现在基督教信仰书籍中的词，也被中井久夫反复使用在上文提到的文章中。他在自注中谈论“祈愿”，在正文里谈论“爱”，还说道：“我想起了沙利文对进入思春期之前的爱的定义。那是‘当一个人把对方的满足与安全放置在高于自己的位置上时，爱就存在。若没有，则无爱’。这种定义略有一些浪漫。我也想把它放宽到‘关键时刻到来时，或许已经准备好了’。”

贯穿“爱”与“祈愿”的东西，正如沙利文所说，是“把对方的满足与安全放置在高于自己的位置上”的心情。那么，“对方的满足与安全”是什么？那一刻的“自己”又是什么？这同样是个问题。因为“对方的满足与安全”如果是“对方”自身的愿望，那里只存在无我的“献身”，而不存在“等待”。另外，如果“对方”并不期待我的“献身”，这就成了多管闲事（不值得成为爱的行为），只会招致“对方”的排斥。此时“爱”就无法成立。因此，“对方”不可能是自己所想的“对方”。那么，“对方”是不是那个人自己都尚未察觉的“对方”，以及我所想的那个人呢？直到“对方”发现自己都没有察觉到的那个“对方”为止，我都将默默等待吗？但即使在这种情况下，也无法保证我所想的“对方”一定不是我一厢情愿的对象。也许我只是把自己的妄想投射在了对方身上。而且，在“等待”之中，人本来就无法保持原原本本的“自我”，无论如何都会发生“自我”的相变。

然而，人之所以等待，是因为等待者与被等待者的关系已经毁坏。正因为保持现在的心境无法触及对方，最终会被贴上“查无此人”的标签退回到寄件人的手上，人才不得不等待。或者，纵使写明收信人的姓名和地址，成功寄送了信件，收信人也不拆封，而是将它放在一旁，人才不得不等待。“等待”没有方向，维持这种等待的东西究竟是什么？祈愿“被贴上‘查无此人’的标签”退回，为何还能继续“祈愿”？有一种祈愿既不是对倾听者祈祷，也不是对纯粹的真空呓语。如果那就是让“等待”不仅止于感觉僵化的原因，那么，在这个“祈愿”中，究竟发生了什么？

封锁

“要切断开关。”

严重的消磨

没有方向的祈愿。替“某个人”接收祈愿的地方，比如神宫和神社。有的人只要有时间就会一次又一次前去，有的人给自己定下了一定要去的日子，有的人每逢仪式之日就会前去……他们会道出明确的祈愿，或是将其写在签条或绘马之上。有的人并没有明确的祈愿，仔细一看，他们只是走到神前默默合掌。其中也有被贴上了“‘查无此人’的标签”,不断压抑着“愿望”，如此反复的“祈愿”。

只要“祈愿”中融入了明确的“愿望”，它就会渐渐累积，变得越来越迫切。时间流逝了，但是时间的“效果”迟迟没有显现，于是祈愿渐渐变得焦灼，合十的手掌兀自加大了力量，前往神社的次数也愈发频繁。到了某一刻，人就会放弃。本来被“祈愿”吸收的焦灼气息，也会变得无法掩饰。这种焦灼该投向何处？人必须思考这个问题。也许在这一刻，就会体现出人的本质。

气息如此焦灼的“祈愿”，往往与诅咒无异。

我所在的小镇也有保佑考试及格的天满宫、断缘神社、拔钉（消灾）地藏等神宫和神社。人们会在那里祈愿一双人的离别，或是疾病的痊愈。

繁华街区的背后静静地矗立着一座神社，其中就有祈愿断缘的小社。小社周围挂了密密麻麻多达十层的绘马，有妻子希望丈夫与情人分手的愿望，也有“母亲”希望儿子与恋人分开的残酷祈祷。有的绘马上甚至书写着骇人的诅咒。甚至有人直接挂上了丈夫与年轻情人的偷拍照片，在他们的脸上写满了诅咒和怨恨的话语。照片之上，是一串串漆黑的千纸鹤。不知是用墨汁染黑的，还是用了黑色的彩纸……

断缘断的不只是情缘，有的人祈祷从疾病中解放出来，有的人希望戒酒、戒烟、戒毒，还有的人希望摆脱偷盗等恶习。这些都是男性的祈愿。

既然说到这里，我再介绍一下宝物馆里发现的明治时代的“断男祈愿”绘马。

那是一个五十四岁的女性写下的，可谓具有纪念碑意义的绘马——

> 小女此前男人不断，今日特下决心，断绝一切与男人的关系，请切断男子之缘。若单从口头祈愿难明内心，特将心意写在此处，奉上发束，从此改心，以三年为期。

放弃了“愿望”的“祈愿”没有终点。因为只有终结了对某种东西的“愿望”、对某个人的“愿望”，那样的祈愿才算开始。为了解除这个时代所创造的感性和定型化的表达等“内在的制度”，画家阻止了意识的参与，委身于身体自主行动；摄影师排除了规定主题的观念性意识，让所见之物与所摄之物的边界无限接近于零，把工作“交给相机完成”。在永无止境的“祈愿”中，人恐怕会把“祈愿”本身托付给某种东西——譬如身体。为了防止心神涣散，宗教礼拜仪式对祈祷的句式和念珠的拿法都有细致的规定。阿兰认为，祈祷“需要充分镇静肺部，同时平静心脏，方能达成那种态度”，也就是“巧妙地引导人们放开一切思考”。这也是基于同样的意义。

将一切收纳在胸中，在心胸满盈之前拼命压抑“愿望”，或是放弃（没错，不再委身于任何微小的期待），然后镇静……没有方向的祈愿的终结，就是永无止境的“祈愿”的开始。在到达那个境界之前，反复压在我们心头的，是沉重的憔悴，是严重的消磨。头昏脑涨、无法入眠的紧张，头痛欲裂、食欲消失、全身倦怠。在疲劳困倦达到临界点后，身体的每个角落都沉淀了无限的绝望、无力和丧失感。

防御的姿态

没有方向的祈愿会让人不再相信自己的存在价值，不知道自己是否应该存在于此，是否应该就此消失。如果把自身的存在价值不断遭到他人否定，或者成为否定契机的某件事命名为“心性外伤”，在祈愿的过程中，那些人几乎都会走过“心性外伤”被“深深镌刻在"身体之上的道路。

宫地尚子在《创伤医疗人类学》中附上了这样的报告——

> 吃过毒咖喱的人大多只要闻到轻微的咖喱味就会产生呕吐感，从越南复员回来的士兵会对烤肉味和苍蝇飞舞的声音产生无法忍耐的烦躁情绪。遭到强暴的女性仅仅因为剪头发时被触碰到脖颈区域、耳边突然传来男性的声音，或是闻到香烟的气味就会恐慌发作。

她在书中还加入了《遭受配偶等暴力虐待的案例调查》(内阁府男女共同参画局，二〇〇一年)，我在此引用一些家暴受害者的证词。

> "丈夫一大声说话，'身体就不受控制地颤抖'，继而感到浑身冰凉，仿佛血液从指尖开始慢慢抽离，接着是呼吸困难，最后喉咙像是被堵住了，甚至无法吞咽。"
>
> "一开始觉得很痛，但是每天都这样重复，

我渐渐失去了逃跑的意识。只要开始了，我就会避免思考自己的事情。因为被打得多了，即使挨揍，神经也已经麻木，不再感知疼痛。”

“一点点失去自我的感觉很痛苦。就算自己的实体存在，一想到‘这样说话可能要被打’‘这样说要被挑刺’，就慢慢地说不出话了。在受到压迫的过程中，自己变得越来越渺小，失去了感情，像机器人一样。”

“我和女儿都感觉不到疼痛。因为已经习惯了，一旦开始遭到暴力虐待，就会切断开关。女儿好像也有同样的反应。”

所谓“切断开关”，就是麻痹自己的感觉，将它排除出去。也就是切断了作为生命体最基本的反应，让自己进入“机器人”一样的假死状态。在“外伤”体验中，记忆闪回和恐慌发作不断重复，最后身体会脱离意志的控制，进入生命体最后一道防御状态——假死。

由于被害者与加害者的物理距离为零（有时为负），她们的存在整体遭到了侵袭，那些记忆被镌刻在一切感觉之上，甚至剥夺了她们向公权力求助的力量。哪怕她们鼓起最后的“勇气”向警察和司法求助，却容易被本应提供帮助的警察和司法的一句无心之言加重创伤。宫地女士一直致力于帮助反复遭到暴力虐待的被害者从创伤中恢复，可她直到现在都会惊讶于受害者胆怯、紧张的表情，欲言又止的态度，弓起的身体和颤抖的模样。

弓起身体是生物在无处可逃时做出的本能反应。这种姿态意味着封闭自我的存在，排除自我 / 他者、内在 / 外在的境界，化作一个团块。正如孩子害怕接触异物，其实是害怕自身的表面与外部事物相连。所以面对外物，会忍不住蜷缩身体的各个部位，甚至整个身体。换言之，就是封闭内部，只留身体的外部。因此，比如患有焦虑性神经症的幼儿在地上爬行时会握紧拳头，用指背支撑身体。一旦掌心或者指尖触碰到什么东西，就会反射性地握拳。那是因为手的内侧，也就是掌心和指纹的部位比手背更敏感，更容易对外物的接触产生反应。

“原来双手捂住眼睛，蜷缩身体，是为了最大限度地防止进入身体的感觉性侵袭。”一个听了宫地女士演讲的人想起前“慰安妇”描绘的画作，这样说道。

作为防御的存在封锁

“等待”之人又会如何？放弃了一切“愿望”，失去了祈愿的气力，陷入极端的疲劳与无力，就像干涸的水塘一样憔悴不堪。一切的可能性都被断绝，处在完全的缺氧状态，俯伏在地，一心只想永眠，甚至彻底消失，但又无法做到……

仔细想来，“祈愿”的形式或许也是一种防御姿态。双手合十，让体内的冲动和悸动形成内部循环，防止身体的动性扩散到外部。正如人在感到困惑或迷茫时会抱头或是扶额。反过来说，这些都是拒绝他者的姿态。最明确的拒绝，就是抱臂叉手。当人们因他者的拒绝而踌躇不前，或是连自己也不明白自己对他者的诉求的本质时，人们可能会咬指甲、抓头发、抱膝。也就是退缩到圆环之内，兀自沉浸在封闭的自我中、激发的细微感情里。

如何才能从封闭转向“祈愿”，就算那贴有“‘查无此人’的标签”，如何才能重新打开自我呢？像打地鼠一样极力封锁在极端的憔悴中仍要抬头的东西，极力封印心情的沉浮和摇摆的人。究竟是什么样的力量，才能让那样的人褪去保护自己的硬毛，在浑身赤裸的状态下动员全部剩余的柔软汗毛，摇摇晃晃地站起来去“祈愿”呢？

用我们最开始举的例子来说，比如祈愿自己摆脱病魔恢复健康。马塞尔认为，这种“祈愿”存在着错误。

“我在自己的祈愿中暗示了全能者的存在，就像依赖独裁专制的君主释放囚徒，我也在依赖这个全能者祛除自己的疾病。这个要求不纯洁在哪里呢？可以说就在于它剥夺了上帝的神性，将其视作一种手段。”

“祈愿”归根结底是“等待”的一种形式，而不是对“神明”的要求。

> 很多人误以为祈愿的行为与要求的行为相反，认为祈愿之人自身已经包含了愿望成就的回答。……哪怕是最为强烈的发自灵魂的祈愿，无论在什么场合都无法解释为自身内部包含了祈愿

> 的成就。反过来说，那是一种对我们无法推测其意图的、无法理解的神秘意志的依存。祈愿之人本身绝不清楚祈愿的答案。
>
> （《存在的神秘》）

马塞尔绝不认为“祈愿”是一种由美德控制的行为，即使是处在对一个人的试炼当中。假设保持平静，不对任何事物轻易动摇是士兵的美德，那么对某个对象发出祈愿，不过是希望依存于那个对象的心的动摇。同时代的哲学家布兰斯维克认为“无信仰”才是哲学家的“积极的美德”。对此，马塞尔进行了异常强烈的反驳。

站在神社门前的人们或许也会有马塞尔那样的想法。自己已经不具备从自我封闭转向自我开放的最后力量，只能在方向不明的、对某个人漠然发出的“祈愿”中寻找那份力量。又或者，在用这句话劝说自己。等待只有在放弃了自我主动性时才会到来的某种东西。这个觉悟最终会化作在极端的憔悴中挣扎着起身，虽然无限衰弱却依旧坚定的“祈愿”的形式。

缺氧

> “现在于我而言更理想的状态，反倒成了克雷曼斯不来。”

为了无须再等

这里出现了一种等待的模式，即不带任何希望、不怀任何期待、惰性延伸的“等待”。

> 分手三个月了，我还是恋恋不舍地等待着克雷曼斯。尽管如此，我也没有联系他，他最好不知道这件事。就算告知了相约的地点和时间，他也不会来，我的等待就会更加痛苦。这是我自己想到的解决办法，就算见不到，也不会怀恨。
>
> （《相约》）

这是克里斯蒂安·奥斯特的小说《相约》（*Les*

Rendez-vous，二〇〇三年）的开篇。想见一个人时，一般会告知约会的时间和地点，但是主人公刻意没有把这些信息告诉已经分手的恋人，为了“就算见不到，也不会怀恨”。此时的等待与其说是迫切地想见到对方，不如说是把自己嵌进了“等待”这个行为的框架中。

主人公每天让自己奔赴对方不可能出现的“相约”，可以说从一开始就不期待克雷曼斯的到来。因为好不容易才把自己嵌进了永无止境地等待这种生命的框架内，他才会断言：“假若克雷曼斯真的回头了，费尽力气调整好的姿态就会错乱，我的精神也会失去安宁，发生让人不敢想象的激变。”当等待成为习惯时，它也会成为“安宁的一个要素”。

与克雷曼斯分手后，这个人究竟经历了什么样的纠葛，才会让自己动摇的心最终稳定在如此奇特的“等待”之上。书中并没有详细描写那个过程。这个人已然深深沉浸在不合理的“等待”中，其变化的过程变得不再重要。他拼命让自己沉浸在充斥着那种“等待”的世界中，究竟是为了什么？

我今天坐在咖啡馆里，发现自己快要忘了克雷曼斯。我不禁想，今天坐在这里其实不是为了等待克雷曼斯，而是为了忘记他。在这个克雷曼斯有可能回到我身边的场所，为了不在意任何人的目光，尽情地忘却他？

我之所以这样想，是因为自己几乎完全占领了这个场所。等待克雷曼斯的心情已经消失得无影无踪。完全占领这个场所，是为了侵蚀克雷曼斯的立足之地。我知道克雷曼斯绝对不会来，所以我理所当然地支配了这个他不会出现的场所，并利用克雷曼斯不在的事实，一边置身于克雷曼斯不在的场所，一边思索克雷曼斯以外的事物。简而言之，就是彻底推翻了之前的逻辑。支撑逻辑的基础仍旧不变，克雷曼斯不在的场所，克雷曼斯不在的确切地点，这些都没有改变。现在于我而言更理想的状态，反倒成了克雷曼斯不来。只要克雷曼斯不来，我就能忘记克雷曼斯，并使忘记成为常态。

不指定时间和地点的等待，是为了忘却。为了

忘却而等待。为了忘记不会回头的人，人们一般会把注意力转移到别的事情上，把一切促使自己想起那个人的东西逐出视野，甚至把一切可能激起回忆的征兆逐出视野，让世界染上不同的色彩。

书中人物的行为，也是让世界染上不同的色彩。可是他选择了无止境的等待，并且将等待之人出现的可能性控制在最小限度，以此来改换世界的颜色。他让自己独占了这个无止境等待的场所。世界在“等待”这一状态中，发生了与之相应的调整。“仔细一想，我之所以把最关键的一点无限推延，也许是为了通过延迟使现在的状态到达饱和点。”等待某个人的事实在那个过程中逐渐失去意义。“克雷曼斯”渐渐远离了那个场所，化作一个符号……

远离“凝视某种事物的等待”，是等待之人终将产生的愿望。如果一直那样等待，“冻结在远处的、始终保持不在的克雷曼斯会化作清晰可见的残影，即使不靠近也能认知”。“只从我们幸福生活的顶峰切割出来的形象，可以在任何时候被重新唤起。”为了远离渗透到生活每个场景中的克雷曼斯，这个人选择了与“凝视某种事物的等待”截然相反的等待，构筑起另一个世界。那就是不指定时间和地点的“等待”。

呼唤，接纳

等待对象最终会消失的“等待”以一种堪称“磨蹭”的方式整理了疑问。它看似与不做等待的“等待”相重合，实际上是比那种“等待”更疏离的“等待”。因为那是为了封闭自己，隔离自我。换言之，那是放弃“等待”的“等待”。

“自己几乎完全占领了这个场所”这种形容非常贴切，因为那个行为封闭了接纳对方的空间。譬如邀请某个人到家里做客，意味着把一个为自己构筑的场所交给别人。接纳一个人就是接纳者把属于自己的场所让渡给别人，用德里达的话来说，就是“把我的家化作通道甚至出租房”。

“这种自主的运动只产生于我，产生于我自身，它除了展开属于我的主体性的可能性之外，是否真的有权利被赋予‘决定’的名称？”（雅克·德里达《告别》）——把“决定”换成“等待”，就成了我们不断重复的疑问。

《相约》中没有发生来访的行为（就算故事的结局是遇到了真实的克雷曼斯）。等待的人没有发出呼唤的话语，无论是对克雷曼斯，还是对只有等待的这种事态。没有呼唤，就不会有应答。不，这个人本来就不期待应答。

我们一直探讨的“等待”的确也没有呼唤。因为作为问题关键的“等待”，本来就从封印呼唤的行动开始。等待的对象已经不再明确,但并非不再等待。换句话说，等待者的呼唤虽然被封印，但并非封印了接受呼唤的状态。应该说，我们一直探讨的是不做等待，以某种形式维持相应呼唤的态势，那么，最后方可成立的“等待”究竟是什么样的行为。极端地说，就是探讨中断了自己、在放弃中浮现的“等待”。引用一句德里达以传承列维纳斯的形式讲述的话，那就是“呼唤唯有发自应答，才能成为呼唤。应答先于呼唤，绕过呼唤（为了迎接呼唤）而到来”。我们探讨的“等待”，就是超前于呼唤的应答，是“被他人发出的‘oui’（诺）所超前的对他人的‘oui’”。

接纳来访并不存在于单纯被动的“等待”中。为了接纳来访，必须先具备“向某个方向打开的力量”。我们在上文探讨的“祈愿”中，寻觅了作为敞开自身的最后力量的“oui”。重复一遍，等待是只有在放弃了自我能动性时才会到来的某种东西。这个觉悟最终会化作在极端的憔悴中挣扎着起身，虽然无限衰弱却依旧坚定的“祈愿”的形式。然而,“祈愿”也会动摇。因为那里投射了“希望”的影子。当“希望”也消失殆尽时，人还能继续祈愿吗？

无处置身

再次回到《相约》。主人公用不可能见面的方式等待克雷曼斯，处在克雷曼斯不在的场所，让世界染上自己“等待”的色彩。置身于“克雷曼斯不在的确切地点”，构筑无须克雷曼斯即可完满的世界。当然，那是在得知克雷曼斯“不需要我”之后的反叛行为。对他而言，那也许是别无选择的选择。所以他填平了克雷曼斯的不在。他用于填平“不在”的东西，就是不指定时间和地点的一味等待，是把自己嵌入自己设定的行为框架中。

但此处应该存在另一个选择，就是持续不断地暴露在克雷曼斯不在的无情事实中。当然，它不像是选择，反而更像是任凭那个无情的事实冲刷自己。那是一切相见的可能性都消失殆尽，再也无处置身，寻觅不到藏身之处，又不能（像《相约》的主人公那样）自己进入，或是把自己强行推进“等待”的态势，终于放弃了等待（某种事物），但是又认定“只能等待”的心境。那是将自己无可改变的事态，即不在的事实一味逼近却不能对抗的事态，不由分说地纳入内心的过程。

《相约》的主人公试图在那个不在的场所编织的故事，或者说他为自己制定的想象的规则也许不存在成立的余地。可以说，那是一种“缺氧状态”。

“缺氧状态”既有能隐约看见出口的情形，也有完全看不见出口的情形。譬如——

> 胎儿通过脐带接收来自母亲的氧气供给，穿出产道之后则切换为肺呼吸。在切换两种呼吸方式的间歇期（几分钟或几十秒），胎儿必须克服无法依靠任何一种方式的“缺氧状态”。

> 从一种知识框架过渡到另一种知识框架的过程，也与新生儿切换呼吸方式的过程相似。过渡期无法依靠任何一种系统，因此必然存在“缺氧”的状态。
>
> （内田树、平川克美《东京奋斗儿童》中内田的书信）

当**不在**的事实完全覆盖并侵蚀了视野，人无法认知到那就是“过渡期”，也丝毫无法做出预测。那种“缺氧”可能是穷途末路，可能是死路一条。在“缺氧”的状态下，如同眩晕袭来时那样，眼前可能会迸发出没有实体的光芒，口中可能会传出听不见的声音，皮肤可能会感到轻微的震颤。可是，那些光芒、声音和震颤最后并不一定会是“等待”的预兆。

倦怠

“毫无办法。”

《等待戈多》

不能保证是等待的等待，漫无目的、永无止境的等待。有一部戏剧，就描写了两个流浪汉的等待。没错，那就是萨缪尔·贝克特的《等待戈多》（一九五三年首演）。

那两个人等待的是从未见过的，不能称之为神的“伪神”（高桥康也）戈多。顺带一提，戈多（Godot）是英语“God”与法语表示昵称的后缀“-ot”复合而成的名字。等待者是昵称“戈戈”的爱斯特拉冈和昵称“狄狄”的弗拉季米尔。二者都像“God”（英语的“神”）和“Dieu”（法语的“神”）的幼儿语形式。等待者和被等待者都是“伪神”。除此之外，还有波卓（意大利语的“泉水”）和幸运儿，以及貌似戈多派来的“伪天使”男孩，这些都将在下文提到。

多种研究和解释都认为,《等待戈多》几乎完全颠覆了戏剧的规则。它当然没有戏剧性的高潮和大团圆结局，也没有像样的故事脉络，很难分辨行为之间的因果关系和逻辑脉络。里面有意义不明的长篇大论，也有难说是无意义还是意味深长的、咬合不明的话语，甚至会重复同样的台词和同样的场景。与其说难以理解，不如说是一连串无法理解的东西。它不存在驱动戏剧发展的时间背景，场景设定也没有明确的“何时、何地”。

它以爱斯特拉冈的台词开篇——“毫无办法”（Rien à faire/Nothing to be done）。这个短语也可以翻译为“无法可想”“无事可做”，但若将“faire”理解为“演绎”，这句台词就成了“无戏可演”的悖论。谷川俊太郎在题为《鸟羽》的诗集开篇也写下了一行“无话可写”。如此看来，这就像一部只能从“戏剧”已死之处出发的戏剧。

下面引用一段内容较长，但极具象征意义的场景。

爱斯特拉冈：好吧，我们来平静地交谈吧。反正我们都闭不上嘴。

弗拉季米尔：就是，我们真的没完没了。

爱斯特拉冈：那还不是因为脑子不会思考。

弗拉季米尔：总是能找到借口。

爱斯特拉冈：因为耳朵不会听。

弗拉季米尔：总是能说出大道理。

爱斯特拉冈：那是死去的声音。

弗拉季米尔：那是振翅的声音。

爱斯特拉冈：是树叶的呢喃。

弗拉季米尔：是流沙之声。

爱斯特拉冈：是树叶的呢喃。

（沉默）

弗拉季米尔：那是所有人同时开口说话。

爱斯特拉冈：他们都不讲规矩。

（沉默）……

弗拉季米尔：那些声音在说什么？

爱斯特拉冈：在讲述自己的一生。

弗拉季米尔：仅仅是活着无法满足。

爱斯特拉冈：必须讲述自己的生活。

弗拉季米尔：仅仅是死了还不足够。

爱斯特拉冈：是啊，还不足够。

……（漫长的沉默）

弗拉季米尔：说点什么吧！

爱斯特拉冈：我正在寻找。

（漫长的沉默）

弗拉季米尔：（苦恼地）说点什么吧，什么都行！

爱斯特拉冈：接下来要干什么？

弗拉季米尔：等待戈多。

爱斯特拉冈：哦，是嘛。

（沉默）

弗拉季米尔：怎么如此困难！

爱斯特拉冈：不如你唱首歌？

弗拉季米尔：不对不对。（寻找）只要从头再来就好。

爱斯特拉冈：确实，那样更简单。

弗拉季米尔：但是出发点太难定下了。

爱斯特拉冈：既然是开始，随便从哪里都可以啊。

弗拉季米尔：但是必须得定下来。

爱斯特拉冈：哦，是嘛。

（《等待戈多》第二幕）

为了不思考而说话……焦急寻找话题时脱口而出的是“接下来要干什么？”，对这个问题的回答是“等待戈多”，后接“哦，是嘛”。这个对话在别处也重复了许多次。譬如：“我们很高兴。（沉默）好了，既然很高兴，接下来要干什么？”“等待戈多。”“哦，是嘛。”又譬如：“这次，接下来要干什么？”“等待的时候吗？”“对啊，等待的时候。”

这些对话的结语总是“等待”。可是无论怎么等待，都没有尽头。不对，与其说无论怎么等待，实际上是决定等待后转眼就说起了：“对了，不如我们彼此提问吧。”“不如这样想吧：我们真幸福。”然后，再一次决定等待，又难耐等待的空虚，低声喃喃：“啊，可是，还得找点别的东西。”仿佛一切的行为和思考，都是“转移注意力”或“散心”。

没错，这里说的就是帕斯卡尔的“divertissement”（消遣）。如果窥视内部，只会发现空虚，自己的存在找不到任何依据，所以不得不时刻将注意力转向外部。为此，必须创造出情念的对象。“就像孩子惧怕自己涂黑的脸蛋，人也许要对自己创造的目的物产生欲望、愤怒和恐惧。”（帕斯卡尔《思想录》）我们日常的一切行为仿佛只为了填补空虚的时间，没错，只为了等待它过去——极端的情况，甚至会希望遭遇悲惨的事故或往伤口上撒盐的事情，总之必须要把注意力分散到一些事情上，否则内心深处的“倦怠”就会渗透出来……

弗拉季米尔与爱斯特拉冈不知疲倦地重复着细小的“打发时间”，最后总被推回这样的“倦怠”之中，再次等待……在无尽的等待中，第一幕结束了。

> 爱斯特拉冈：那，走吧？
>
> 弗拉季米尔：嗯，走吧。
>
> 他们都没有动弹。

第二幕也以同样的台词结束，但说话的顺序反了过来。实际上还有好几个场景也一样。这种存在着微妙差异和反复的对称形态，是该剧的一大特征。

即使说了“走吧”,他们也没有动弹。谁也没有离开，而是静静地待在原地。这两幕为何是对称的形式？弗拉季米尔与爱斯特拉冈为何说了“走吧”，却没有动弹？

封锁行动

先探讨第二个问题吧。

竹内敏晴这样评论贝克特的作品：

> 自从亚里士多德发表了“悲剧论”(Tragoidia)，就有了关于古典戏剧结构的思考。所谓戏剧，是对一个事件的模仿，必须有开端、发展、终结。主人公展开行动后，对话的发展引发突变和新发现，主人公委身于新的命运。这就是基本的结构。如果颠覆这一结构，在即将发起行动时选择静止，在下一次即将发起行动时继续选择静止，就成了《等待戈多》的结构。……那不是平板苍白地罗列一连串无行动的等待，而是反行动。它有意识地彻底颠覆了亚里士多德以后的传统戏剧结构。

（木田元、竹内敏晴，《只能等待吗》）

读到这段文字时，我突然想起了论述痴呆症的时间感觉时提到的“时间”丧失。时间既不向未来流动，也不向过去回溯，始终被封闭在现在、始终委身于名为“现在”的时间的断片……无法从现在走向未来，也无法从现在回到过去，既不存在持续的希望和期待，也没有悔恨和残留的影响。那应该被称作“时间”的混乱，或者“时间”的丧失。本以为只是活在现在，有时却像火山一般，喷发出毫无根据的焦躁和丧失感。

《等待戈多》是不是一部关于封闭行动的戏剧？仿佛是为了回答这个问题，爱斯特拉冈在第一幕说出了这句话：“什么也没有发生，既没有人来，也没有人去。真受不了。”

无须翻开阿尔贝·加缪的《西西弗神话》，我们就知道无止境地重复同样的行为是一种酷刑，被迫永无止境地持续某种无意义的行为同样是酷刑。行为必须有终点，必须有发起行为的理由。只为转移注意力的行为欠缺了理由和终点，因此只会带来痛苦和倦怠。无论想什么，无论做什么，弗拉季米尔和爱斯特拉冈都只会喃喃“变得毫无意义了啊”“不，还不至于”，最终回到那个原点。然而即使回到了原点，也不代表事情的终结。如果能进入“等待”的状态，就不存在问题。可是，“等待”跟其他行为一样，需要理由和终点。当“等待”成为一种行为时，它就失去了置身之处。此时，“等待”的可能性也跟其他行为一样穷尽了。弗拉季米尔说：“最可怕的是已经在想了。”我们也会忍不住去想“等待”这件事，那么“等待”是否从一开始就不可能实现？宇野邦一说：“人在等待某个人时，只会重复同样的细小举动，或是完全不动……人绝不能睡着。话语和身体都已经消耗殆尽，睡眠却不会到来，人始终处在清醒的状态。在穷尽了一切可能性的空间，人所等待的，已然不可能是任何可能性。”［吉尔·德勒兹、塞缪尔·贝克特，《绝尽之物》（*L'épuisé*）的解说《从形象到形象》］

那么，不需要理由和终点的“等待”，是否可能存在？莫非那只能是“彻底绝尽的身心呼出的最后一口气息”（宇野邦一）？这确实是我们一直在探讨的问题。

空转

“你认为自己在等待吗？”

穷尽了一切可能性的空间

世界消失？

“在穷尽了一切可能性的空间，人所等待的，已然不可能是任何可能性。”……借用宇野邦一的话，这就是弗拉季米尔和爱斯特拉冈所处的情况。

在我们的行为前方，可以说存在着“可能性的空间”。可以这样做，也可以那样做……在我们想要做些什么，却不知该做什么时，前方已经描绘了各种各样的行动轨迹。在此基础上，我们也可以向未来投射此前从未有人描绘过的、崭新的轨迹。或者进入既有轨迹之间的细微高低差和缝隙，做出意想不到的行动。甚至可能就连这样的高低差和缝隙都被抹除，最终走投无路，做出只能称之为“自爆”的突发行动。所有可能性都建立在一定的历史性前提之上，我们将这样的状态称之为“世界”。人们处在“可能性的空间”里，顺从特定的可能性，规避特定的可能性，这就是我们选择行为的方式。

既然如此，“穷尽了一切可能性的空间”，就意味着“世界”消失的空间。假设在那样的空间里，“等待”这种行为依旧可以成立，那个“等待”也已经不是等待某种可能性了。

实际上，尽管弗拉季米尔和爱斯特拉冈在对彼此重复说“等待戈多”“哦，是嘛”，但他们也并没有等待什么事情发生。从他们毫无脉络可言的话语和流浪汉的身份可以窥见，这两个人本来就不与“世间”之人共享“世界”的概念。所以，他们才毫无办法。

虽说如此，他们也没有放弃等待，更没有为了放弃等待而结束生命的意图。（没错，死亡也需要意图来促成。）没有意图、无所事事，突然想起来就与身边的伙伴交谈几句，永无止境地打发时间，最后甚至忘却了自己在无所事事地等待戈多，开始思考接下来要干什么，继而发现——

“好了，既然很高兴，接下来要干什么？”“等待戈多。”“哦，是嘛。”……

“这次，接下来要干什么？”“等待的时候吗？”“对啊，等待的时候。”……

就算“很高兴”，也不会发生什么。“故事”不会发生变动，不会回转。只有毫无动机和脉络的闲聊。闲聊会中断，于是只剩下无意义的断断续续的话语和行为。

戏剧的开场已经提示了这个样态。“毫无办法。”引导这句台词的舞台指示写道：“爱斯特拉冈坐在路边，正要脱去一只鞋。他气喘吁吁，双手用力拉扯鞋子，最后用尽了力气，停下来缓了缓，又开始重复同样的事情。”

每一幕结束后都会发生同样的事情。“那，走吧？”“嗯，走吧。”然而“他们都没有动弹”。他们都静静地停留在原地。竹内敏晴说道：“在即将发起行动时选择静止，在下一次即将发起行动时继续选择静止，就成了《等待戈多》的结构。”在即将行动之时，将其颠覆……

无意义的交换，无可忍受的缺席

但是有一点很重要，那就是在即将行动时将其颠覆的行为是永不停止的。也就是说在《等待戈多》中，“世界”的确是无意义的存在，但“世界”不会完全消失。在即将做出明知无意义的行动时将其颠覆，这种断断续续的、无意义的行动最低限度地维持了“世界”的存在。弗拉季米尔和爱斯特拉冈都没有意图终结那个“世界”，断绝自己的生命。他们只是在惰性地重复着无论怎么看都毫无意义的行动。

第二幕中间部分出现了最能代表那种无意义行动的场面。那里用惊人的速度再现了我们日常生活中的戏剧式行动。参与行动的人有弗拉季米尔、爱斯特拉冈和幸运儿，这里且将三人分别记为A、B、C。

A把自己的帽子递给B，戴上了C的帽子。B接过A的帽子戴上，把自己的帽子递给A。A接过B的帽子戴上，摘下C的帽子递给B。B戴上C的帽子，摘下A的帽子还给A。A戴上自己的帽子，摘下B的帽子还给B。B接过帽子，摘下C的帽子还给A。A接过帽子戴上，摘下自己的帽子递给B。B再次把

A 的帽子还给 A。A 接过自己的帽子，又立刻递给 B，B 一接过来就还给 A，A 接过帽子扔掉了。

这三个人以惊人的速度完成了用文字描述起来无比恼人的行为。读者轻易就能想象出，这是在焦虑不安的气氛中插入的短暂而令人战栗的场景。

无意义的交换。这就是所谓的“虚无主义”吗？京特·安德斯认为，把弗拉季米尔与爱斯特拉冈定义为虚无主义者“不仅是错误，而且与贝克特试图表达的东西背道而驰”。虚无主义者剥夺存在的“意义”，弗拉季米尔与爱斯特拉冈却无法放弃“意义”。他们是连希望都无法放弃的“无可救药的愚蠢空想家”。而且“贝克特提示的并非虚无主义，而是即便处在无法打破的绝望状态也无法成为虚无主义者的人类的无能。其作品散发着凄惨悲哀气息的部分，原因并不在于两个主人公所处的毫无希望的状态，而在于他们永无止境地等待着，永远无法摆脱那种状态，无法成为虚无主义者的事实。正因为这种无能，他们的喜剧才具有力量。”（京特·安德斯《过时的人》）

无须目睹这种含糊不清的自画像的人，无须思考自己的人生就像一场闹剧的人，可谓幸运。

我们踢足球的行为，是结束和开始的重复。爱斯特拉冈则表现为“脱了鞋又穿上”的游戏。那不是为了向我们展示他的愚蠢，而是在愚弄我们。一旦进行了“转换”，（由于得到了公认而隐藏了无意义属性的）我们的游戏就没有显得比他的游戏高级多少。“爱斯特拉冈脱了鞋又穿上”的场景，将它转换一下就成了“我们的游戏其实也是‘脱了鞋又穿上’的游戏，那不过是追逐幻影，让自己显得有事可做的活动罢了”。……两个小丑知道自己在做游戏，我们却不知道。就这样，那两个人成了正经人，我们反倒扮演了小丑。这就是贝克特式“转换”的成果。

（京特·安德斯《过时的人》）

弗拉季米尔与爱斯特拉冈会不时想起“等待戈多”的情况，或者说，不得不想起这个情况。然后，他们会永无止境地、一味地等待。

然而，戈多始终没有现身，甚至没有出现的征兆。相反，那个宛如天使又好似邮差的男孩子总是出现，告诉他们戈多今天来不了，但明天一定会来。

弗拉季米尔：待在这儿也没用了。

爱斯特拉冈：别处也不行啊。

弗拉季米尔：戈戈，你怎么能这样说。到了明天，一切就好了。

爱斯特拉冈：为什么会好呢？

弗拉季米尔：你没听那孩子说的话吗？

爱斯特拉冈：没有。

弗拉季米尔：他说，戈多明天一定会来。

到这里，每个人都会猜测，其实戈多永远不会来，这才是保证弗拉季米尔和爱斯特拉冈等待并一直等待的因素。也许戈多的不在、戈多永恒的缺席，才是戈多存在的依据。

"我累了，还是走吧。"

"不行。"

"为什么？"

"要等待戈多。"

"哦，是嘛。"

这样的对话在剧中反复了许多次，串联了无聊的行动。

京特·安德斯做出了这样的设想：“他们等待的戈多究竟是谁？这个问题没有意义。戈多不过是一个名目，展示了自己将无意义的持续性存在误解为‘等待’或‘期待’的事实。”

你在害怕什么？

也许是，时间的消失？

弗拉季米尔与爱斯特拉冈为何反复提出“走吧”，却都不动弹？他们为何在下台的途中突然转而上台？为何想帮助同伴，却没有动手？因为他们知道就算行动了，也不能改变什么吗？

被等待者始终不出现，这意味着那个对象的存在本身无法明确，真实存在的只有不断反复的缺席。我在上文提到，这个事实也许就是被等待者存在的依据。那么，假装等待的行为能否充当“等待”的意义？

波卓:(看表)不过我该走了,因为不能迟到。

弗拉季米尔:时间是静止的。

波卓:(把表举到耳边)那可不行,怎么能这样想。(收起表)别的随便你怎么想,唯独这个不行。

如果,不仅是一切"转移注意力"的行为,连(假装)等待的行为本身也仅仅是为了填补"时间"的空白,那就意味着我们真正害怕的,是"时间"消失的事实。"时间"消失。一直以来,我们都称其为"失忆"或(以"痴呆"为名的)"记忆障碍"。可是,如果丧失的或者丢失的"时间"本身并不存在,"失忆"和"记忆障碍"就不再是某种缺陷。因为"时间"不存在的话,"记忆"就会失去意义。

你瞧,一个登场人物如此烦躁地说:

够了,别再谈论时间了。简直是无稽之谈。何时!何时!某天不行吗?跟别的日子一样的某天,那家伙成了哑巴,我成了瞎子。也许另一个某天，我们都会变成聋子。我在某天降生，也会在某天死去。同样的某天，同样的某一刻，这样不行吗？

在这部戏剧中，等待可以是此时此地，我们无法明确今天是否是约定的星期六。不仅如此，我们有时甚至无法明确人称。然而，这不也是我们日常生活的戏剧形式吗……我突然想起，让-吕克·戈达尔在一次采访中这样回答：

突然听到陌生的旋律，人会好奇："哦，这是什么？"我希望自己能拍出这样的电影，让人们看到美丽的画面时好奇地想："哦，这是什么？"然而，不知晓名称会使人陷入不安。报纸或电视可以试试一年内绝不使用专有名词，而用他/她/他们作为报道主语。人们定然会因为无法称呼名称而陷入不安，但也许会像听到不知曲名和作曲家的旋律那样，用另一种方式去看待事件。

粥状

“也许有，也许没有。应该说问题不在于有无，而在于无法保证有无。”

只是在假装等待？

等待的人不来。等待落空。白等一场。

两人一直称其为“戈多”，却不知对方究竟是谁。明明看不到对方出现的征兆，他们却总是突然想起，重新等待戈多。那同时也意味着他们中断了正准备去做的、除等待之外的行为。

为何要中断除等待之外的行为？因为无聊。因为无意义。因为他们知道一切都是为了打发时间。他们只认可“打发时间”“打发无聊”的意义，希望时间快点流逝，希望不知不觉熬过去。“托你的福，时间又过去了。”“如此一来，一天又过去了。”……这些都是行为中断时的台词。然后，他们又开始“干什么？”“等待戈多”，用最简短的对话开始另一段“打发无聊”的对话，似乎忘却了他们几乎在重复与昨天同样的事情。“这次，接下来要干什么？”“等待的时候吗？”“对啊，等待的时候。”……说到底，他们就是做不到什么都不做、一味地等待。

由于记忆本身只能被断断续续地激发，其脉络无法明确。行动与对话终究变成空转，原地兜圈子。时间非但没有停滞，反而连前后关系都混作一团。京特·安德斯将其命名为“粥状时间”：“这样的时间只能流动一秒，顶多一分钟。一旦推动时间的手略微抽离，一切就会再次滑落、混作一团，甚至不会留下任何痕迹。”在这种状态下，他们展开的“暂时推动粥状时间，留下一丝痕迹的活动”已经不能算是“行为”。因为他们的活动没有目标，没有创造或改变的意图，仅仅是“以推动时间为目标”的活动。因为这种活动已经渗透了身心，他们才会再次回到无为，回到“等待”。

可是，这种“等待”是否也只是推动时间的调味剂？事实上，他们并不能无为地等待。他们也许并没有在等待，而是在假装等待。没有任何证据表明他们等待的人会出现，也没有一丝征兆，甚至不能确定他们是否希望那个人到来。如此看来，他们并没有在等待，只是在假装等待，只是试图融入“等待”的状态。所谓“等待”，不是打发当下的时间，而是等待不在此处的东西到来，因此不是沉湎于现在的行为，而是通往现在之外的行为。那么包含“等待”在内，一切行为都只是为了驱动时间而存在吗？世界为何不在那一刻终结？

走向烦躁的极点

在这里，我们要面对刚才提出的两个问题中的第一问，也就是两幕戏为何采取了对称的形式。

两幕戏的结尾都是两人分别说“那,走吧？”“嗯，走吧。”，但谁也没有动的场景。除此之外，第一幕与第二幕还夹杂着一些微妙的差异和反复，彼此重叠在一起。譬如不合脚的鞋子。第一幕因为鞋子太紧而脱不下来，第二幕开场被留在舞台上的鞋子却松松垮垮。爱斯特拉冈先提出：“那，走吧？”弗拉季米尔出言阻止，但截然相反的场景同样存在，二者的对话总在反转。中间穿插波卓和幸运儿的登场，引发短暂的骚动，最后小男孩信使出现。波卓在第一幕拿着鞭子，幸运儿则拖着沉重的行李，脖子上挂着绳子，被波卓牵着走。到了第二幕，波卓失明，反被拖着沉重的行李、脖子上挂着绳子的幸运儿牵着走。

但决定性的对称不在两幕戏之间，而在幕中。弗拉季米尔 / 爱斯特拉冈二人组对波卓 / 幸运儿二人组，他们的关系宛如相互照镜子。

支配者与服从者、命令者与被命令者、榨取者与被榨取者，波卓和幸运儿被设定成了这样的关系。幸运儿要搬运沉重的行李，不得不听从连珠炮似的命令，名字里却带着“幸运”二字。弗拉季米尔与爱斯特拉冈揶揄了这样的关系，有时还将其投射到自己的关系上，但又流露出了一丝羡慕。这是为什么呢？

爱斯特拉冈：没有被捆住吧？
弗拉季米尔：我一点儿都不晓得。
爱斯特拉冈：我在问是不是被捆住了。
弗拉季米尔：被捆住了？

爱斯特拉冈：被捆住了。

弗拉季米尔：怎么被捆住了？

爱斯特拉冈：被捆住手脚啊。

弗拉季米尔：谁？被谁？

爱斯特拉冈：你那一位。

弗拉季米尔：被戈多？被戈多捆住了？怎么可能！开什么玩笑！（间隔）总之，现在没有。

爱斯特拉冈：他叫戈多？

弗拉季米尔：好像是。

第一幕，二人进行了这样的对话。然后像约好了一样，波卓和幸运儿出现了。幸运儿脖子上挂着绳子，手里拖着沉重的行李箱、折叠椅和野餐篮，胳膊上还搭着外套，被手持鞭子的波卓拽着登场。二人瞬间把他认作了戈多，但是遭到了彻底的否定。波卓在疑惑的二人面前，对幸运儿发出连珠炮似的命令："起来。""站好。""停下。""向右转。""拿着。""坐下。""前进。""后退。""快点。"……

波卓和幸运儿看似是支配和从属的单向关系，其实不然。二者就像螺丝和螺母那样紧紧咬合，互相补全，才能成为完整的存在。波卓就算不自己前进，也会被拉着走；幸运儿接到了来自后方的命令，不得不前进。二者中间不存在缝隙，也没有必要询问为何行动。二人被紧紧地嵌合在命令与被命令的关系中，并用这种紧密封锁了对关系根源的疑问。换言之，二者遮盖了彼此存在的无意义性。对于只能无休止地打发时间的弗拉季米尔与爱斯特拉冈来说，这种关系的样态除了“幸运”还能怎么形容。正因为他们之中没有像波卓那样发出命令的人，正因为他们无法彻底归属于一段从属的关系，弗拉季米尔与爱斯特拉冈才不得不等待“戈多”。他们永远无法对不在的戈多发出“不在”的最后通告。他们既无法放逐，也无法放弃从属的形式，即使遇到了宛如相互照镜子的另外两个人，自己能做的依旧只是打发时间而已。

波卓：我想了想……我究竟能为这无聊的好人做点什么呢？

爱斯特拉冈：给一个金路易就好了。

弗拉季米尔：我们可不是要饭的。

波卓：这正是我考虑的事情，怎么才能让你们觉得时间变快了一些。我给了你鸡骨头，还说了许多话，甚至讲解了什么是黄昏。的确如此。可是先不说那个，这样真的足够吗？让我感到痛苦的正是这个。这样真的足够吗？

爱斯特拉冈：给一百苏也行啊。

弗拉季米尔：你闭嘴！

爱斯特拉冈：这就闭上。

波卓：足够吗？也许吧。但是我天生慷慨。今天，我就咬咬牙——（拽绳子，幸运儿看向波卓）过后一定会后悔啊。（没有站起来，而是弯着腰拿起鞭子）想看什么？跳舞、唱歌，还是朗读？或是让他想事情……

幸运儿按照波卓的命令跳了舞，然后（被迫）想事情，接着发表了一通听起来像是严谨推论，实际上意义不明、没有停顿的长篇大论。弗拉季米尔与爱斯特拉冈聚精会神地倾听，波卓却很不耐烦。接着，弗拉季米尔与爱斯特拉冈对波卓发出强烈抗议，波卓的烦躁到达极点。于是三人扑向幸运儿，幸运儿一边挣扎，一边嘶吼着台词……

没有保证

那三个人为何无法接纳幸运儿用于打发时间的长篇大论？因为那是毫无意义的、纯粹的打发时间。因为他的长篇大论过于清楚地提示了那三个人时而吼叫、时而低语，不断重复的言行只不过是言行的伪装，是一种表演。因为这些话语在时间的真空中不带任何停顿地生成，甚至不存在顿挫或加速等时间的运行。因为他们感觉幸运儿在用缺乏轻重缓急的机械式话语愚弄自己，戳穿了他们假装在做事，好让时间快些过去的行为。那种机械式的无止境行为预示了没有“终点”，以此宣告时间这种本应有始有终的东西变为了“不可能”的。嘲笑伪装与表演，这个行为剥夺了波卓下命令的依据，剥夺了弗拉季米尔与爱斯特拉冈等待“戈多”的理由。

《等待戈多》中包含的种种对称形式在这里就有了理由。也就是说，所有元素被精心设计为封闭自身（即封闭其意义体系）的事实，就是“存在”最后的奸计。但是，幸运儿的长篇大论在此处露骨地插入了无意义的无限、机械式的无限，黑格尔所谓“恶的无限性”（die schlechte Unendlichkeit），因此打破了本应成立的闭环。所以，幸运儿必须被揍倒。

它也暗示了等待其实正是等待“等待”的到来。布朗肖曾说：“当一个人开始等待时，等待的程度就略微降低了。”这句话告诉我们，正是“等待”的不可能性最后驱动了“等待”的意义。这里所谓“等待”的不可能性，并非“等待”的终结，而是指不能保证“等待”的成立，才使“等待”成为可能。然后，或者说正因如此，返回到《等待戈多》上，即使凭借幸运儿那种永无止境的无限行进，也不能让“等待”终止。

> 他何时开始了等待？从他摒弃了对个体事物的欲望和对事物终结的欲望，成了自由接纳期待的人开始。期待开始于再也没有期待之物，甚至没有期待的终结之时。期待并不知晓那就是期待。
>
> （莫里斯·布朗肖《等待，遗忘》）

在没有保证也没有可能性的状态中等待，这种行为为何会反复发生在我们身上？在不能保证被等待者存在的情况下等待，与其说这是终极的行为，它也许更像是“我”的存在开始成立的起源性行为。

德里达说：“一切宗教的所有问题也许都能归结到没有保证之上。”他还说：“也许有，也许没有。应该说问题不在于有无，而在于无法保证有无。”最后我们必须思考的，可能就是这个问题。

打开

“我不是请你帮助我，而是请你待在这里，跟我一起等待。”

空虚的源泉

等待有时与忘却是相反的关系。

比如痴呆症，忘却有时会导致脉络的混乱。又如弗拉季米尔与爱斯特拉冈，忘却有时会导致言行的混乱。然而，忘却同时也是最大的救赎。假设一个人无论遭受多少挫折，在最后一刻都能重新爬起身来说“还没结束……”，那么，他的力量也许就来自这种健全的忘却。

忘却，或者说**当作忘却**，是指将那些让自己烦恼的事态的脉络**摘除**出去。消除一些将“我”缠住的脉络，也就是抹杀自己。“我已经当你不存在了。”“我已经当那个人死了。”这些都是完全舍弃对“你”的期待的行为。于本人而言，那也许是最后的放弃，但通过删除这些脉络，“我”所陷入的事态，其局面本身会在不知不觉间发生微妙的变化，也就是说，能够勉强产生不同的状况。断念并不止于断念，忘却反而会带来激发目前视野中尚不存在的事物的精神场。

当回溯脉络的行动陷入僵局，事态已经无可救药时，人会依赖偶然。委身于偶然的行为包含着一种侥幸心理，希望能够借此打开新局面，也就是生出新的脉络，使自己忘却眼前的事态。有了这个忘却的能力，人就不会深陷现在，就可以无须勉强封闭自己与现在之“外”的联结。

这种健全的忘却没有发生在弗拉季米尔与爱斯特拉冈身上。对他们来说，忘却绝不可能健全，忘却始终意味着记忆的欠缺。无论多少次被告知“等待的人不来”，他们却依旧能够等待，其原因正是出于这种忘却，而他们却浑然不知。

对他们来说，时间始终在通往某个终点的路上。那只是为了达到“目标”的过程，因此时间只能是向未来流动的东西。除此以外的时间，仅仅用于打发。一切用于打发时间的行动都是无意义、无脉络、无聊的东西。这种行动的意义的源泉全都只能存在于“未来”，因此若不与“未来”发生关系，其意义和脉络就无法分辨。没错，一切行动都只能是应付，是打发。他们只能自己去寻找办法，填补无意义的时间的空白。若遍寻不见，那么只能假装等待（本应）是一切意义的源泉，也就是等待戈多。

可是，戈多始终没有现身，直到最后都没有现身。意义的源泉实际是一片空白。于是，源泉只能以空虚的形式存在。

无缝的关系

此时我们面对的，也许是以下两个问题。第一，现在的行为除了是通往未来某个目标的过程，是否还可能为其赋予别的意义？再进一步回溯便是第二个问题，能否选择一种放弃从行为中寻求行为的意义的生活？

那是不存在于弗拉季米尔与爱斯特拉冈的视野内的东西，是摆在眼前，但只靠自己无法改变的情况，而且解决之策并不来源于“未来”的保证，而是除此之外的可能性。换言之，就是委身于时间流逝的过程中出现的偶然，也就是不去推动时间或填补时间，而是放任时间的流动。再换一种说法，就是既然“等待～”能让等待成为不可能，那么便让自己转变为一心等待“等待”到来的态势。

德里达这样写道:“也许有，也许没有。应该说问题不在于有无，而在于无法保证有无。”只有在无法保证等待终结的到来、“期待”无法成立的状态下，人才能开始等待。归根结底，只有在告诉自己再怎么等也没用，放弃等待的那一刻，等待的真正可能性才会到来。

对此，弗拉季米尔与爱斯特拉冈是抗拒的。他们无法在没有征兆的情况下主动打开自己。他们必须把目标设定在不存在于此处的未来，然后对自己现在的行动赋予意义。为了把意义的源泉设定在未来，他们必须填补未来之前的时间，必须不断思考自己为何做出现在的行动。看不见目标的时候，在那个过程中所做的一切都是“打发时间”。然而，这种行为只会带来无聊。所以为了不让自己意识到这是在“打发时间”，必须不断分散注意力。能够让他们免于被迫不断分散注意力而痛苦的东西，就是波卓与幸运儿之间形成的、命令与服从的无缝关系。那里不存在质疑命令的余地。弗拉季米尔与爱斯特拉冈渴望与命令者，也就是戈多形成那样的关系。所以他们会忍不住问波卓："莫非你就是戈多？"

接纳

唯有放弃期待之时，"等待"才会开始。从这个角度来看，他们并没有在等待。尽管空虚，尽管松懈，他们还是怀有期待。他们期待的东西，就是为自己的现在赋予意义的终点。为行动赋予意义之人与行动被赋予意义之人的关系——他们期待的，就是这种关系的成立。在这个意义上，波卓和幸运儿是无须等待的人。他们眼中的时间不存在缝隙，他们无须寻求自身行动的依据。因为他们存在于命令与服从的闭合关系中。弗拉季米尔与爱斯特拉冈也希望进入那种闭合关系。京特·安德斯称他们是"无法放弃意义这一概念的人"，指的应该就是这种情况。

弗拉季米尔与爱斯特拉冈为何如此期待戈多的

到来？反过来说，是因为他们无法等待。他们误以为时间是需要填埋的东西，错认为时间是需要他们驱动的东西。也就是说，事实与他们的意图相反，对他们而言，等待戈多本身其实也是打发时间。他们区分不了等待与假装等待。

等待某个东西的到来，这种行为只能在等待者放弃等待之时发生。放弃等待之所以能通向等待，是因为那里存在着对未知局面的打开态度。

打开也可以表达为做好了接纳的准备。不知道什么东西将会到来，甚至意识不到什么东西的到来，但依旧做好了接纳的准备。也许可以用西方的话语，将它命名为“hospitality”（款待）。接纳不速之客，这并不是将名为客人的他者合并到“我（们）”之中，不是让他者与自我同化，反倒是将自我展示在他者面前。在这个意义上，也可以说是不顾受伤的风险，主动将自我置于与他者变幻莫测的关系中。不由“我”独自决定关系的意义，而是将自己放进与他者的关系，刻意让自己成为容易受伤的存在。

说到底，“款待”就是接纳客人之人不断从他的同一性中脱离出来。接纳他者，同时也被超越了自身理解的东西所接纳。对自己而言，自己也转化为像他者一样疏离的存在。“款待”只有在自我崩坏的状态下方能发起。我们常会看到这样的情况：一味坚持自己的框架、担心框架会崩塌的人反而在框架崩塌之后从不安和担忧中解放出来。

抹去主动权

我们在第二章《预期》中探讨了何谓“时间流动”。现在请回忆起那段文字，再来探讨打开的时间样态。

当我们说“时间流动”时，很多人会在心中描绘“现在”不断滑落为非“现在”的东西(“片刻之前”“曾经”)，但“现在”无论何时都是“现在”，也就是说“现在”始终在抗拒滑落为非“现在”的东西，试图保持“现在”这一状态。可以认为，此处重叠着两种对立的契机，即“现在”远离自我的同时，自我重复着自我。胡塞尔认为“现在”是“停滞而流动的现在”，用他的话来说，时间的流动中包含了两种契机，一个是现在始终是现在的“停滞”，另一个则是现在在变为非现在的“流逝”。也就是不间断的自我同一与不间断的自我分裂在同时发生。“现在”滑落为非“现在”的现象，与“现在”始终保持更新的现象同时发生，这就是“时间流动”。

但是这样理解“时间流动”真的就足够吗？所谓“流动”，不仅仅是“现在”滑落为非“现在”，也可以是非“现在”（不在的未来）来到“现在”。不在的未来不经意间变成了“现在”。

不仅是现在不断滑落为非现在，未来这一非现在也会不经意间变成现在。也就是说，这是不经意间发生的与不在的关系。以胡塞尔为代表的现象学家都在未来的这种意外性中寻求他者存在的时间性格。未来所具备的出其不意的异他性格中，包含着我们的他者经验的可能性的最终条件，也就是接纳他者的异他性。但是同为现象学家的山形赖洋在其著作《感情的自然》中提到，这种想法并不充分。山形在未来与现在依旧保有连续性的前提之下，提出了这样的问题：

（这里探讨的）未来是与现在保有连续性的、非他者的、虽是意外的存在，但始终是自我的东西。未来的意外性在于，我遇见自己的方式是意外的，仿佛我在他者面前。

关键在于“我”的主动权是否被放弃了。这会影响到与未来的关系的成立，而那个未来，全然不同于“我遇见自己的方式是意外的，仿佛我在他者面前”。我们自身存在的打开，跟这种与时间的关联是一致的。

“等待”并非随着人类意识的成熟而获得的附加能力。从一开始，“等待”就是使意识成为可能的最基本阶段。也许可以说“等待”生出未来，意识由此开启。请想象农耕文化初期，人们在经历季节的轮转时学会了祈求雨水、恐惧干旱、等待收获。“等待”与期待和预想发生联动。但是，它不像期待和预想那样被维系于现在，反倒飘荡在时间之中，随波逐流，时而得到偶然的救赎，时而遭到偶然的背叛，把一切当作命运欣然接受，与其说是被动，更应该称为接纳。“等待”就是这样的待机，是这样的接纳。

它与陶艺的窑变不同，因为等待者的主动性被抹去了。不依赖于偶然的条件，而是委身于关系自带的力量，任凭其展开。面对有生命的对象时，人们无法像陶匠那样镌刻标记。在这个意义上，等待不像是窑变，倒更像是发酵。对象自己开始发酵，我们只能接纳这样的关系，等待时机成熟。

以发酵食品为配角的宫本辉的小说《火热的天地》中有一个让人印象深刻的场景。母亲留下的糠床制作方法中列出了糠的分量，糠床熟成的方法，盖布防止霉菌的方法，加入昆布、辣椒及蔬菜边角料的时机，最后郑重叮嘱“剩下的自己尝试”。儿子最后想到的，是加入盐渍鲑鱼头——

> 圣司放进去的第一个鲑鱼头，四五天后就在糠水里化开消失了。
>
> 糠水和腌渍的泡菜都没有吸收到鲑鱼的咸香，倒是白菜、茄子、萝卜和黄瓜都多了一层温和的酸味。母亲加进去的昆布茶粉末也许也起到了让味道更温和的作用。
>
> 不过话说回来，那个鲑鱼头足有他的拳头大，糠水里的乳酸菌究竟是怎么把它连皮带骨消化得干干净净，甚至连眼珠都没剩下的……

圣司觉得，这简直是魔法。

被完全分解溶化的鲑鱼头，在乳酸菌的共同作用下，又对各种蔬菜产生了什么样的影响……

不动声色地，在糠床这片静谧的黑暗中，发生着人类肉眼看不见的、平和而有建设性的现象。

如果我们将其转化为人与人的关系，就好像一个“场”的诞生，这种自我生成可能会自然发生。但不是为了它而发生，而是在看不到意义的情况下日复一日地重复种种微小的、过于细致的行动，通过它的积累来创造对“场”的信任感。护士西川胜所说的“维持现场的细小行为的累积”，也许就是那样的东西。这是一个人无法做到的事情。要舍弃自己的期待，抹除“自我”，甚至要仔细而认真地逐个完成“被赋予”的无名角色，才能自然产生那样的信任。这里定然会生出等待者身为“等待者”却被“时间”或者说“场所”等待的反转。人在这里已经不是等待者，而不过是时间与场所完成酝酿的触媒。“等待”并非“自我”意识的产物。“等待”不可能以“我思”（cogito）的形式生成。

发酵的过程中

主动接纳式的打开能够开拓意识，开拓外物作用于自我的场。当一个人意识到等候、迎接的打开是“自我”存在的本源行为，就无须再等待戈多。因为被等待的戈多即使不等待也已经存在。

《火热的天地》中还有这样一句话：“培育时间。让深深的伤口化作皱纹。”在这里，我想用自发式的“成长”而非“培育”来做同样的表达。时间既不会滑落，也不会向前冲刺，时间只会成长。对，那种感觉与其说“培育”，更接近于“啊，不知不觉长大了”。同样的感觉，在育儿和教育的过程中都能体会到。当然，这个成长背后是无数看不见的行为的累积。

此时此刻，戈多仍在对岸，但他不再是被等待者，而成了等待者。他所在的地方并非不在的未来。人们生而成为不做等待的“等待”者，戈多便是等待着那一刻的戈多。

一个人离开了我，在我此前所有的行为化作无意义的前一刻——人们被逼到了尽头时发出的话语，譬如“老天一定在看着我们”，这些话语的对象应该是那位戈多。为此，话语本身也许必须要失去效力……

又或者，以让伦理成为可能的匿名者的身份——

> 有人看着这一切，那说的可不是村长和左邻右舍的农民，而是自己不知道的人，是自己离开人世后仍在持续的漫长时间和广袤空间中的概念。人们继承了那个陌生人的心情。与陌生人之间的意念的传承，也许就是培养工匠面对任何工作都绝不偷工减料的精神的源泉。
>
> （平川克美、内田树，《Tokyo Fighting Kids Return——坏哥哥回来了》*Meets Regional*, 2005.11，其中平川克美的发言）

静候死亡到来的人，焦急等待情书回信的人，翘首盼望公交车到达的人，忧心忡忡等待出成绩的人，数着日子回归故国的人，扳着指头等待刑满的人，静静守候少年犯洗心革面的人，一整年坚持不懈蹲守的刑警，服务员、棋手、渔夫这些以“等待”为业的人……这些人也许无一例外地经历了种种“等待”的场景。等得心焦、严阵以待、等得坐立难安、翘首以盼、守株待兔、等不下去、等得不耐烦、等累了、等也等不及、等到最后、等了又等……最终等不到“等待”的时间发酵的产物，空等一场。尽管如此，等待者还是接触到了抵达超越“意义”之场所的可能性。

后记

等待有点像积累年轮。经历了许多痛楚，却无计可施，只能屏住呼吸、放空自我，静候时间过去，直到能够忘却的那一刻，直到能说出时间会解决一切问题。但一切还是不如人意，于是意识到自己一个人无能为力，怀抱着没有方向的祈愿，不抱任何期待，逐渐养成了如此可悲的习惯。虽然不再关注，但并不放弃注视，最后发现只能呆呆注视的自己如此可悲，于是垂下目光，存在本身成了一种痛苦，却无法抹除自身的存在……需要等到这些思绪一层层沉淀积累，人才能学会不做等待地等待。我认为，年轮就是这样的东西。

我在斟酌这本书稿时，自由编辑今野哲男先生恰好在创作探讨“死亡”的作品，他看到我抱头苦思的可怜模样，也许是看不下去了，便给我写了一封信。他在信中讲了患有轻度抑郁的人身在此处时感觉不到“此处”，去了别的地方也感觉不到“此处”，于是会追逐着“此处”在两点之间不断往复，直到筋疲力尽的故事。然后他回顾自己的经历，这样写道：

“我不想上学或是想辞职的时候，会在校园里或公司附近的公园找个自己喜欢的地方，只要一有空就到那里去，看着周围散步的鸽子，茫然若失地呆坐一会儿。我感觉那种时候，自己是厌倦了永无止境的烦恼，要暂时放弃一些东西，等待自己重整态势或是下定决心。（工作可以主动辞掉，因此很轻松。上学时才是真的痛苦。）我想，决心有时不是‘下定’的，而是‘等来’的。制造一个放弃了某些事物的空虚之境，像等待水满一样‘等待’什么东西的到来。当然，因为不可能真的舍弃全部，所以只是通过身体的退避象征性地舍弃罢了。”

“像等待水满一样。”没错，水不是自内部涌出的，所以要“让身体退避”，制造一个空地。制造空地就是接纳。或者说，为了接纳那个也许会来的东西空出场所。在这个意义上，等待也许是放弃希望之后残存的希望的最后碎片。或者说，是希望破灭后养育希望的最后一片腐殖质。“腐殖质”的拉丁语是“humus”，它也是“human”（人类）的语源。等待已经深深扎入了“human”的意义根基。顺带一提，“humus”也是“humility”（谦逊）的语源。

本书以分十九回在角川书店的宣传杂志《书的旅人》上连载的《戈多不会来:等待的哲学》为底本。角川书店编辑部的小林顺先生陪伴我走过了连载的前半段，角川学艺出版社的大藏敏先生陪我走过了后半段，并协助我归纳成书。最后那段时间，由于无力写完，我经常暂停连载，下一次送去的原稿标题变成了“你要等到什么时候？”，让大藏先生很是慌乱了一番。与今野先生不同，那两年间，我一直怀着“像等待水满一样等待某个东西的到来”的心情，被每个月的截稿日穷追不舍。小林先生和大藏先生也被迫承担了等待的重担。不是开玩笑，他们被迫实践了“不做期待的等待”。

这本书可以说是我最初开始思考看护行为而写的《“倾听”之力》的续篇。“倾听”的问题在这里延伸成了“等待”的问题。这次起稿同样如同盲人摸象，也许是因为这点，中间出现了思路不连贯的迹象。这次连载尽管路途曲折迂回，但总算是走到了终点。当时有位编辑调侃道：“先写了‘菊’，又写了‘松’，接下来要写‘梅’吗？”[1]“生育”的主题的确很吸引人，但我很快意识到，自己肯定写不出来。

在这里，我要向陪伴我走过看不见目标的漫长旅途的小林顺先生和大藏敏先生表示由衷的感谢。同时，也要感谢所有关心我的人。

鹫田清一

二〇〇六年七月

---

1 “菊”读作“kiku”，与“倾听”同音；“松”读作“matsu”，与“等待”同音；“梅”读作“ume”，与下文的“生育”发音相近。